Gilles
Moinot

Vincent disparaît

Roman

CALMANN
LEVY

CALMANN LÉVY
ÉDITEUR DEPUIS 1836

Couverture
Maquette : Olo éditions
Illustration © Cesare Tacchi, *Al Milite ignoto*, 1964 (détail)
© Adagp, 2024

ISBN : 978-2-7021-9130-9

Pour Gus, l'infatigable,
Et inlassablement pour François.

S'il y a une chose qu'on ne puisse refaire,
qu'on ne puisse recommencer,
c'est bien sa vie.

Charlotte Delbo
Mesure de nos jours

VENDREDI

Nuit solitaire. La veille, Antoine s'est envolé pour Montréal où il va donner deux semaines de cours et je m'endors sans lui. Pas certain qu'il m'appelle en arrivant avec le décalage horaire, tous les salamalecs de bienvenue, mais hier soir malgré tout j'ai préféré ne pas éteindre mon téléphone comme je le fais toujours. La sonnerie me réveille et bien sûr c'est à lui que je pense quand je décroche encore à moitié dans mes rêves. Ce n'est pas sa voix mais celle d'une femme que d'abord je ne reconnais pas, je suis la voisine, répète-t-elle sans que je comprenne qui parle, je ferais mieux de raccrocher au lieu de demander qui est à l'appareil mais déjà elle s'excuse de ne pas avoir dit son nom, Madame Étienne reprend-elle, la voisine de Vincent. Après quelques phrases suffisent, des mots hachés par les sanglots qu'elle s'efforce de retenir mais il n'y a pas grand-chose à raconter sinon qu'ils ont retrouvé ce matin Vincent noyé dans la rivière et qu'il faut que je vienne, qu'elle est chez elle et qu'elle m'attend. Je ne pose pas de questions, cela ne servirait à rien, je dis que je pourrai sans doute être là-bas au début de l'après-midi, peut-être même avant et elle répète qu'elle m'attend. Puis après un silence, ne roulez pas trop vite Jean, ça ne changera plus rien.

Vendredi 22 janvier, j'ouvre grand la fenêtre, il fait un temps superbe. C'est encore la nuit au Canada et je n'ai pas envie de me mettre déjà à pleurer, je l'appellerai tout à l'heure, plus tard. Je préviens juste Irène et Pierre, tous les autres attendront, je n'ai pas le courage. J'hésite à prendre une valise, je ne sais pas combien de temps je vais rester, deux jours, une semaine, finalement je décide de ne presque rien emporter, simplement ma sacoche de cuir dans laquelle je glisse une trousse de toilette, quelques affaires pour me changer, mon cahier noir et mon ordinateur, là-bas la maison est pleine de livres et pour les vêtements j'emprunterai ceux de Vincent si jamais j'ai besoin, nous avons à peu près la même taille.

Voilà. Envoyer un message pour annuler mes rendez-vous, nourrir le chat, demander à la femme de ménage de passer aussi souvent qu'elle peut et lui laisser l'argent de la semaine. Marcher jusqu'au garage, taper le code pour ouvrir le portail électrique, les gestes se succèdent, d'une banalité horrible, et je m'en veux de cette normalité silencieuse dont je ne parviens pas à m'arracher alors que je devrais crier, prendre les gens à partie dans la rue ou me rouler par terre, mais non, rien ne sort, rien ne se voit, peut-être rien ne s'est passé. Conduire maintenant, le soleil m'éblouit et je cherche des lunettes noires au fond de la boîte à gants, la radio allumée. Lorsque je connais les paroles, je chante à tue-tête. Ne pas penser surtout, ne pas vouloir anticiper, profiter du ciel sans nuages avant qu'il s'assombrisse.

Il n'y avait presque personne sur la route et j'arrive avant l'heure. Madame Étienne est là devant sa porte, en tablier, les yeux rougis, elle m'attend comme elle l'avait promis. Pour la première fois depuis que nous nous connaissons elle me prend dans ses bras, quelques secondes comme pour s'assurer que je suis bien vivant, ce seront nos seules effusions. Dans la cuisine, elle nous sert du café et nous nous asseyons tous les deux face à face, sa voix est presque neutre quand elle commence à raconter.

J'avais prévenu Vincent que je viendrais tôt ce matin, un peu avant huit heures parce que j'avais des courses à faire en ville. Au début, j'ai pris garde à ne pas faire de bruit et puis en sortant la poubelle je me suis aperçue que ses volets étaient ouverts. J'étais un peu surprise bien sûr, vous savez comme moi que Vincent n'est pas un lève-tôt, alors je suis allée voir dans sa chambre, j'ai frappé mais il n'était déjà plus là, il a dû partir avant l'aube. Je suis redescendue au salon et c'est seulement à ce moment que j'ai vu l'enveloppe en évidence sur la table avec posé dessus un petit mot pour moi. Il écrivait qu'il avait mis mon chèque à la place habituelle, qu'il tenait à me remercier pour tout et, si cela ne me dérangeait pas, puisque j'allais à Avallon, il me demandait de faire un détour par la gendarmerie pour y porter la lettre qu'il avait laissée là.

Je n'ai même pas appelé pour vérifier que la maison était bien vide, voyez-vous dans ces moments-là on n'a pas l'impression de penser mais on pense quand même, on pense à ce qu'il faut et j'ai beau ne pas être rapide, il ne m'a pas fallu longtemps pour comprendre que tout ça n'allait pas. Peut-être je m'y attendais d'ailleurs, parce que malgré le calme de ces derniers mois je le sentais si tourmenté et depuis si longtemps, en tout cas j'ai repris la voiture et j'ai foncé à la gendarmerie. Là-bas, ils ont ouvert la lettre dans laquelle il disait où il fallait chercher, à ce tournant de la rivière où l'eau est un peu plus profonde juste en contrebas du village, et c'est bien là qu'ils l'ont trouvé. Mort depuis déjà deux ou trois heures, il s'était attaché par la taille à un arbre avec une corde assez longue pour atteindre l'endroit où il savait qu'il perdrait pied, assez solide aussi pour éviter que le corps ne dérive, pour qu'on n'ait pas à le chercher. Il avait des cailloux plein les poches comme cette écrivaine dont il m'avait fait lire l'histoire il n'y a pas si longtemps, sans doute pour ne pas être tenté de refaire surface, mais ils ont dit qu'il n'est pas mort noyé, que l'eau était glacée et que le cœur a dû s'arrêter tout de suite. Je ne sais pas si c'est la vérité ou s'ils racontent ça pour nous, pour nous faire croire que la mort est venue tout de suite, mais de toute façon qu'est-ce que ça peut bien changer, il voulait partir et c'est tout.

Vous savez, il arrive un temps où on est fatigué d'être ici, à aller contre son malheur, ça peut être à vingt ans ou à la soixantaine comme lui, chacun est son seul juge, mais je les trouve courageux ceux qui décident un jour de s'arrêter et qui le font. J'en ai vu assez s'accrocher quand leur temps était déjà passé depuis belle lurette ou bien gémir qu'ils n'attendaient plus que la mort mais qui veillaient quand même à eux mieux que personne et qui s'en allaient les derniers, ceux-là ne manquent pas, croyez-moi. Simplement par ici, on préfère ne rien dire de ceux qui se suicident ou bien les accuser de lâcheté, leur reprocher de n'avoir pas beaucoup pensé aux autres, pourtant les autres se débrouillent toujours tant bien que mal, peut-être plus mal que bien au début, mais enfin ils se débrouillent et finissent par oublier. Alors je ne vais pas vous dire que je ne suis pas triste, très triste même, mais en même temps je ne peux pas m'empêcher d'être presque heureuse pour lui qu'il ait eu ce courage, il n'y en a pas beaucoup parmi nous qui arrivent à choisir leur mort.

Elle se tait maintenant, ce doit être à moi de parler, d'essayer de trouver des mots pour la réconforter même si nous savons tous les deux qu'il n'existe pas de réponse. Au fond, j'ignore ce que je pense du suicide, je n'y ai jamais réfléchi. Juste quelques idées abstraites que je suis incapable de plaquer sur Vincent, je n'ai devant les yeux que l'image de son corps qui s'avance et s'enfonce dans l'eau, son corps qui disparaît en ne me laissant rien sinon le sentiment amer que cette fois, nous nous sommes manqués, que je n'ai rien su deviner ou bien c'est lui qui a tout fait pour nous donner le change mais le résultat est le même. Alors je dis que oui, il était tourmenté et que ce n'était pas nouveau, c'est vrai. Pourtant, je me souviens que cet été il avait l'air joyeux et encore ces deux derniers mois quand il est venu passer quelques jours avec nous à Paris. Je me souviens aussi que nous avions repris nos discussions nocturnes et retrouvé notre complicité intacte, du moins c'est ce que j'avais cru et je m'en veux de mon aveuglement, à lui aussi d'ailleurs j'en veux de s'être autant fermé mais je ne le dis pas. Je dis plutôt que, depuis qu'elle m'a appelé ce matin, j'avance comme un automate, sans forces, désarmé, peut-être pour essayer de ne pas réaliser tout à fait et repousser le moment où il faudra bien me convaincre de la mort de Vincent.

Silencieux à présent, comme elle, et j'ai commencé à pleurer. J'imagine que sans doute elle voudrait me sauver du malheur en sachant bien qu'elle ne peut pas, alors elle cherche juste à arrêter mes larmes, vous verrez Jean, dit-elle en se levant, il n'y a pas d'absence avec laquelle on ne finisse par arriver à vivre et n'allez surtout pas penser que c'est dommage, ce n'est ni bien ni mal, c'est comme ça, simplement une affaire de temps. Elle va jusqu'au buffet et ouvre le tiroir, tenez, c'est le trousseau des visiteurs que Vincent m'a donné il y a un mois ou deux, vous me le rendrez avant de partir. J'ai fait le lit des deux chambres d'amis au cas où quelqu'un d'autre viendrait aujourd'hui, les serviettes sont dans la salle de bains et la maison est chaude. Il faut aussi que vous passiez à la gendarmerie pour remplir des papiers, on vous attend là-bas dans l'après-midi. Si vous y allez vers quatre heures vous êtes presque sûr de trouver ceux qui l'ont repêché ce matin, je les connais depuis longtemps, ils m'ont promis d'essayer de raccourcir les procédures, d'éviter l'autopsie mais je ne sais pas si c'est possible. Appelez-moi si vous avez besoin de quoi que ce soit, ajoute-t-elle en me raccompagnant. Pour ce soir, je vous ai mis des provisions dans la soupente, je passerai vous voir demain en fin de matinée.

Plus d'une heure devant moi et pas la moindre envie d'entrer déjà dans la maison. Le ciel était toujours limpide, le soleil éclatant, mieux valait laisser la voiture devant la grange où je la garais d'habitude et aller faire un tour, je me suis vite retrouvé sur nos chemins. D'abord avancer à travers champs pour rejoindre après les collines, suivre la ligne de crête où la basilique apparaît par temps clair comme autrefois sans doute aux pèlerins marcheurs, je crois que pas une fois je n'ai fait cette promenade sans penser à eux, ceux des siècles d'avant qui pouvaient franchir à pied les frontières, parcourir des pays entiers juste pour satisfaire l'appétit de leurs âmes. Penser à l'émotion qui devait les emplir en voyant tout à coup se dessiner les tours à l'horizon, la joie ou le soulagement d'avoir atteint au moins un des buts du voyage, quelque chose en tout cas que nous avons perdu d'une foi tenace en nous-mêmes. Vincent suggérait quelquefois que nous fassions un jour la route à pied jusqu'à Saint-Jacques, finalement nous n'y serons jamais allés. Nos balades ensemble étaient souvent les mêmes, tracées comme au cordeau entre certains murets d'où nous trouvions la vue plus belle, certains rochers contre lesquels nous restions adossés pour faire que la conversation dure un peu plus, et arrivés en haut, nous longions le bois de sapins avant de dévaler vers la rivière. Pas aujourd'hui, pas seul. Attendre plutôt que quelqu'un m'accompagne pour aller m'abîmer dans la couleur de l'eau, mieux vaut continuer par le sentier des biches pour remonter jusqu'à la route, la marche est plus facile ensuite et la maison presque à côté.

Après ma promenade, je suis parti à Avallon. À leur tour, les gendarmes m'ont raconté la matinée, l'arrivée de Madame Étienne affolée, l'enveloppe qu'ils avaient ouverte et dans laquelle il n'y avait qu'un plan sommaire dessiné au crayon avec juste un point bleu dans un tournant de la rivière. Ils étaient sceptiques au début parce que nulle part Vincent ne disait qu'il voulait se tuer, mais Madame Étienne avait insisté et ils savaient qu'elle n'était pas du genre à déranger pour rien, ils n'avaient pas tardé à se laisser convaincre. Alors ils avaient pris la camionnette pour aller voir sur place, le plan en fait s'était révélé plus précis qu'il n'en avait l'air et ils avaient trouvé très vite, vu le corps au bout de la corde qui de loin semblait résister au courant. Ils n'avaient pu que constater la mort.

Nous étions installés dans un bureau vitré illuminé par le soleil. L'un des gendarmes était resté debout et l'autre, assis face à moi, m'a tendu la copie du plan que Vincent avait dessiné pour eux. Même si cela n'a pas grande importance maintenant, m'a-t-il dit pendant que je regardais ce qui ressemblait presque à un dessin d'enfant, votre ami a très probablement succombé à un arrêt cardiaque plutôt qu'à la noyade compte tenu de la température de l'eau le matin en cette saison. Mais le médecin qui est venu sur place constater le décès a malgré tout souhaité qu'un légiste intervienne, sans doute à cause des traces que la corde a laissées sur le corps. Alors nous l'avons fait ramener à l'hôpital où sera pratiqué l'examen, lundi sans doute, mais il vaut mieux que vous téléphoniez pour qu'on vous confirme le jour. Ensuite, pour vous expliquer un peu la procédure, si la cause de la mort reste incertaine pour le légiste, les choses se compliquent, le procureur ordonne généralement de pratiquer une autopsie et bien sûr de poursuivre l'enquête, mais ne vous inquiétez pas trop. Que votre ami nous ait fait apporter un plan et se soit attaché ne laisse pas grand doute sur la thèse du suicide et, si le procureur partage notre avis, il vous délivrera très vite le permis d'inhumer, puisque d'après ce que nous a dit sa voisine il n'y a pas de famille proche et que vous vous chargerez des obsèques. Cela étant, les choses seraient plus simples encore si vous trouviez chez lui une lettre d'explication, juste un mot écrit de sa main qui permettrait de lever tout soupçon.

J'ai répondu que je ne savais pas s'il avait laissé quelque chose, que pour l'instant je n'étais pas encore passé dans la maison et que je m'y installais ce soir. Je chercherai bien sûr, moi aussi je préférerais que tout cela aille vite et si je découvrais quoi que ce soit, je le leur apporterais lundi. J'ai donné ma carte d'identité dont ils ont fait une copie, mon téléphone au cas où ils voudraient me joindre, rien d'autre pour le moment et je comprends que l'entretien est terminé. L'un d'eux me raccompagne jusqu'à la porte et me serre la main en disant qu'il est désolé, je ne sais pas de quoi puisqu'il n'a jamais rencontré Vincent, désolé de la mort peut-être, au fond, c'était gentil, j'ai remercié.

Les journées de janvier sont courtes et le soir commence à tomber lorsque je sors de la gendarmerie. Plus le temps de marcher, pas envie de parler, et là encore les vieilles habitudes sont revenues comme en écho. C'était l'heure où souvent nous allions acheter les journaux, prendre un café en lisant nos messages puisque Vincent refusait d'ouvrir sa porte à ce qu'il appelait l'ennemi. Pas d'internet, pas de portable sinon il finirait par ne plus voir personne, il ne sortirait plus d'ici et c'est justement ce qu'ils veulent, nous isoler chaque jour un peu plus, lançait-il en souvenir de discussions anciennes qui nous avaient tenus des nuits entières sans que nous parvenions jamais à nous mettre d'accord, mais cela faisait longtemps déjà que je ne réagissais plus que d'un sourire. Allons donc rencontrer la foule, disais-je en enfilant ma veste et nous ouvrions les paris sur le nombre de gens que nous croiserions dans les rues de la ville. Ce soir, Vincent aurait gagné, il y a un peu de monde tellement il a fait beau, des gens même en terrasse avec écharpes et bonnets, des gens qui rient et d'autres non. J'aime m'asseoir dans les cafés et regarder ceux qui passent, leur inventer des vies, des amours, des querelles, pas aujourd'hui. Je m'installe dans un coin à l'intérieur, je commande un chocolat chaud et j'ouvre mon ordinateur.

Quelques messages auxquels je répondrai plus tard. Antoine qui me raconte qu'il est bien arrivé, que l'hôtel n'est pas mal et qu'il a déjà rencontré la plupart de ceux avec qui il va travailler, plutôt sympathiques dans l'ensemble, ce soir il est invité à dîner par le directeur du laboratoire et ses cours commencent lundi, il m'embrasse, il m'aime. Je sais qu'il vaudrait mieux que je lui parle mais je ne veux pas téléphoner d'ici, risquer de fondre en larmes au milieu de ces gens, pourtant je ne peux plus continuer à ne rien dire et à garder sa mort pour moi comme si j'étais seul concerné, l'ami unique et l'unique souffrant. L'affaire tient en si peu de mots, une phrase suffit et la réponse arrive presque aussitôt. Tout me paraît d'un coup si dérisoire, écrit-il, et qu'il voudrait être avec moi, me serrer dans ses bras, il peut tout annuler et rentrer si je veux, il ne sait pas quoi faire, il dit qu'il se sent impuissant, incapable, qu'il est trop loin, qu'il m'aime. À moi maintenant, et je m'aperçois à quel point je déteste ces échanges qui n'en sont pas vraiment, ces dialogues en différé et ces fausses conversations où l'émotion finit par paraître elle aussi virtuelle. Lorsque nous éteindrons nos écrans qu'aurons-nous partagé ? Nous n'aurons rien entendu de nos soupirs ni rien pu déceler dans le tremblement de nos voix, alors je tape quelques mots rapides, qu'il vaut mieux qu'il reste là-bas et que j'appellerai ce soir.

Pas besoin qu'il revienne, ça ne changera plus rien, dirait Madame Étienne. Vincent aurait dit lui que la vie prend toujours le dessus et c'est vrai qu'il n'a voulu mettre fin qu'à la sienne, se retirer du monde comme il avait déjà commencé à le faire en venant s'installer ici en septembre mais aucun d'entre nous n'a compris ni même essayé de comprendre. Nous avons tous pensé qu'il s'agissait de réfléchir, reprendre souffle avant de se lancer une autre fois dans la bataille et puis les bruits des bombes et les tirs en rafales ont détourné notre attention, les attentats. Nous étions en novembre, Vincent devait venir la semaine suivante et nous nous étions parlé le soir même, juste avant que j'aille retrouver d'autres amis près de la gare du Nord. Un peu plus tard au restaurant, les téléphones se sont mis à sonner et Vincent fut l'un des premiers à appeler, à s'inquiéter sans que nous comprenions encore vraiment pourquoi, il faudrait quelques heures pour arriver à se représenter la réalité du massacre et alors seulement ces morts ont envahi nos existences. Les malheurs personnels sont devenus tout à coup insignifiants et Vincent répétait que la vie malgré tout devait continuer, il semblait si déterminé à ne pas laisser place à la terreur et encore en décembre quand il est remonté à Paris, pour au moins être là avec vous, a-t-il dit, ne pas se terrer dans son trou, même s'il savait probablement déjà qu'il n'irait pas beaucoup plus loin. Chacun était alors trop préoccupé par les changements autour de lui, l'état d'urgence, les libertés dans lesquelles on tranchait à la hache, nous tous paralysés par cette histoire qui s'écrivait à la fois devant et sans nous, indisponibles à des désarrois ordinaires auxquels il serait toujours temps de revenir et nous n'avons pas remarqué que même à nos côtés, Vincent avait commencé à nous quitter, entamé sa disparition. Ensuite, il est rentré et nous ne nous sommes plus revus. Parlé parfois au téléphone, écrit un mail ou deux pour des histoires pratiques, seule utilité à ses yeux de ces messages dont il pensait qu'ils atrophiaient et le cœur et l'esprit, nous nous sommes envoyé bien sûr quelques cartes postales comme nous avons toujours aimé le faire mais jamais plus revus.

Peut-être s'est-il assis à la même place que moi dans ce café, peut-être pas, tout ça n'a aucune importance. Assez de ces ruminations, il faut bouger, que je sorte d'ici. Je règle mon chocolat au comptoir sans vraiment répondre au patron qui me demande des nouvelles de mon collègue d'ordinateur. Je réponds qu'il a été retenu aujourd'hui, qu'il n'a pas pu venir, j'essaie de profiter de ce peu de temps où je peux encore rester dans le vague, mentir légèrement, sans insister, tenter de maintenir Vincent dans une sorte de vie possible, de vie posthume contre sa volonté mais cela ne durera pas. Bientôt il va falloir dire qu'il est mort, qu'il s'est volontairement noyé dans un de ces tournants où la Cure est la plus agitée, la plus profonde aussi et que non, je ne sais pas pourquoi. En sortant sur la place où nous admirions les parterres que les jardiniers de la ville arrivent à garder fleuris presque en toute saison, je me suis répété que je ne savais pas pourquoi et j'ai pensé que peut-être en rentrant je découvrirais cette lettre dont m'ont parlé les gendarmes, même si au fond je suis persuadé que Vincent n'a rien pu écrire de ce style.

Comme si le fait de se donner la mort ne portait pas en soi sa propre explication. Voilà, c'est terminé, j'arrête et peu importe pourquoi puisque c'est la vie même qui est insupportable. Comme s'il fallait en plus se justifier pour rassurer les survivants, s'excuser auprès d'eux d'avoir préféré l'autre camp. Non, je n'imagine pas que Vincent ait pu penser une seconde à motiver sa décision pour d'autres que lui-même, il n'aimait pas les simplifications factices ni les réconforts à bon compte, c'était une de ses qualités et je ne vois vraiment pas pourquoi il y aurait soudain renoncé, ce n'était pas non plus son genre. Le suicide n'est jamais que l'exercice extrême de la liberté, voilà ce qu'il aurait bien été capable de servir aux gendarmes avec un grand sérieux et je souris tout seul en pensant qu'il faudra trouver mieux pour la maréchaussée.

Je suis chez lui. J'ai fermé les volets et allumé un feu dans le salon, puis fait le tour de la maison où je ne suis pas revenu depuis qu'il y a emménagé il y a tout juste quatre mois. Pas de changement notable sinon les livres qui traînent un peu partout, quelques objets ramenés de Paris et dans le bureau ce tableau que j'ai connu partout où il a habité, une tête dont on distingue à peine la forme, un visage couvert de bandelettes et on ignore si l'homme momifié arrivera jamais à s'en défaire ou bien si elles l'étoufferont, à moins qu'elles ne recouvrent rien. Je me souviens qu'il avait rapporté la toile enroulée dans un tube en carton à son retour de Montevideo quand il était si mal, le cœur décomposé après que Laura l'eut quitté, en octobre 1984, il y a plus de trente ans. Comment est-il possible que je me rappelle encore le nom de cette fille. Elle l'avait laissé tomber sans états d'âme dans les deux mois qui avaient suivi leur arrivée mais lui avait voulu rester là-bas pour ne pas tout trahir, presque une année entière à tenter de faire bonne figure, et puis il était revenu. Il s'était installé chez nous quelques mois et avait aussitôt accroché le tableau dans sa chambre, son désespoir semblait intarissable. Il portait la douleur sur lui comme un masque et plus tard il s'était contenté de sourire quand Antoine avait dit que cet ami uruguayen devait bien le connaître pour avoir réussi un portrait aussi ressemblant. Portrait de lui ou non, c'est moi probablement qui vais l'emporter en partant.

Je traîne un peu partout, j'entrouvre les tiroirs, j'inspecte les bibliothèques sans rien oser bouger ni prendre, il sera bien assez tôt pour me mettre à défaire son ordre sous le prétexte de chercher des raisons ou de vouloir le retrouver. Que vont devenir les livres, les meubles, tous les objets accumulés depuis des décennies, j'imagine qu'il a dû se poser la question et certainement la résoudre. Un jour, il m'avait raconté l'histoire de cette maison que lui avait léguée son oncle il y a plus de quinze ans, un peu vieillotte, pas très commode mais dont il connaissait chaque recoin pour y avoir joué enfant, s'y être si souvent caché, un lieu épargné du malheur, disait-il. Il n'avait pas changé grand-chose depuis qu'il en avait hérité, il s'était simplement occupé de la rendre un peu plus confortable, plus collective aussi et je crois qu'aucun de ses amis n'ignorait que la clé était dans un panier d'osier au fond de la remise à outils avant qu'il s'installe à demeure.

Selon le temps et la saison, on appelait Madame Étienne pour qu'elle ouvre ou qu'elle chauffe, ensuite il n'y avait qu'à pousser la porte et l'on était chez soi. Moi aussi j'ai aimé être ici, pour travailler, pour ne rien faire, comme un espace où pouvaient se former les rêves et dont toujours on repartait plus fort qu'on était arrivé mais ce temps-là est révolu. Finie l'amitié qui emportait tout avec elle, cette bande autour de Vincent où jamais on ne jurait fidélité, que l'on pouvait quitter un temps et qui vous accueillait sans poser de questions lorsque vous reveniez. Peu de règles sinon d'être présent aux autres, d'éviter de tricher et l'assemblage a longtemps tenu comme ça, puis nous avons vieilli. Certains liens se sont défaits, pas tous, ceux qui ont résisté sont devenus plus forts et nous sommes encore quelques-uns à poursuivre l'histoire, pourtant je crains qu'elle ne résiste pas à cette désertion. D'ailleurs, je me rends compte que jamais je ne suis venu ici sans Vincent ou Antoine, souvent les deux et souvent aussi quelques autres, que je ne connais pas cette maison inhabitée et aujourd'hui pourtant je vais y dormir seul.

Dîner. Madame Étienne m'a laissé de quoi tenir deux ou trois jours au moins, mais pour ce soir des œufs frits au jambon suffiront, de la salade et il y a même un morceau de gâteau aux amandes sous une cloche de verre, c'était une des meilleures recettes du livre de la mère d'Irène qui était devenu notre bible lorsque nous nous étions improvisés restaurateurs au début des années quatre-vingt. Assez. Marre des retours au passé, de ces images pieuses que je collectionne depuis ce matin comme de vieilles reliques. On dirait que la mort emporte aussi les digues qui tenaient la mémoire à sa place et tout revient en vrac sans qu'on arrive à faire le tri parmi les clichés éculés de l'amitié, pourtant la mièvrerie n'était pas notre fort et nous n'avons besoin de ça ni lui ni moi. Lui d'ailleurs n'a plus besoin de grand-chose sinon que je veille à ce qu'on l'enterre là où il a voulu l'être, après nous devrons bien faire l'un sans l'autre. Souvenirs ou pas souvenirs, je ne pourrai plus compter sur toi. En attendant, je suis allé voir à la cave ce que tu y avais laissé, je n'avais pas grande inquiétude et j'ai choisi sans hésiter un beau pommard que j'ai mis à chambrer. J'ai sorti une nappe, la vaisselle des jours de fête et les couverts d'argent, tout installé selon les règles pour ce premier repas en ton absence, en ton honneur, mais je ne peux plus lever mon verre à ta santé, juste boire à la mienne.

Plus tard, je me suis installé dans le salon. J'ai passé quelques coups de fil pour enfin annoncer la nouvelle, en évitant soigneusement de dériver vers ce qui aurait pu être une conversation. Après j'ai appelé Antoine, c'était l'après-midi pour lui et il avait neigé. Tout raconter enfin pour la première fois, reprendre au début de l'histoire et pouvoir m'arrêter quand l'émotion devient trop forte, recommencer, étaler mon trouble sans honte et pleurer avec lui, écrasés tous les deux par cette tristesse sans fond que j'ai réussi jusqu'ici à tenir à distance et qui soudain m'a envahi. Lorsque nous avons raccroché, il était décidé qu'Antoine ne changerait rien à son voyage, trop compliqué puisqu'il était encore impossible de fixer la date de l'enterrement et puis Irène allait sûrement venir avec Pierre en début de semaine, je ne serais pas seul. Je mens bien sûr, en fait je n'ai aucune idée de qui viendra ou non et je préfère que lui ne rentre pas trop vite, ne pas avoir à m'expliquer. Il ne m'en voudra pas, il me connaît suffisamment pour avoir deviné et même si les dates de rencontre ne peuvent évidemment déterminer le rang des amitiés, cette fraternité indéfectible que Vincent et moi avions nouée à vingt ans peut justifier que je monte au front le premier, que je sois le premier touché. Avant de devenir exécuteur de la fin de l'histoire, j'ai besoin d'être seul pour tenter de me faufiler aux côtés de Vincent et ne pas me sentir trahi, juste un jour ou deux de silence pour écouter et commencer à m'habituer à ne plus rien entendre, à ce que nous ne nous parlions plus.

Plus tard, j'ai recouvert les braises de cendres et je suis monté me coucher. Dans ma chambre là-haut, sur la table de nuit, il y a ce livre de Padura dont Vincent m'a reparlé encore à son dernier passage en me reprochant presque de ne pas l'avoir lu. *L'Homme qui aimait les chiens*, une histoire à la fois de Cuba, de la vie de Trotski et de celle de son meurtrier, m'avait-il expliqué. Mais ce qui est extraordinaire, tu vois, c'est que tu as beau évidemment savoir la fin, en tout cas pour Trotski, il y a malgré tout un moment où tu te mets à espérer que le pic à glace va peut-être rater sa cible, quelques secondes à peine pendant lesquelles tu imagines que l'histoire peut changer et le destin s'écrire différemment. Et puis l'ordre revient bien sûr, avait continué Vincent, le meurtre a lieu et l'assassin s'enfuit, se cache, alors la tragédie qui s'est construite peu à peu finit par aboutir à sa résolution. Mais il y a toujours cet homme à Cuba qui promène ses chiens sur la plage, cet homme sans nom véritable qui depuis le début du livre voit tout, sait tout et qui peut-être est là comme une échappatoire pour nous montrer qu'il existe toujours d'autres sorties que celles auxquelles on croit être réduit, cet homme fou des lévriers et qui retrouve la liberté en regardant courir ses chiens. Ce soir-là, Vincent avait aussi parlé d'autres livres de Padura, des policiers sur lesquels flottaient à la fois la nostalgie de la révolution et la confiance inébranlable dans les vertus de l'amitié, dans ce que celle-ci pouvait dire de la force des hommes, de leurs faiblesses et de la possibilité toujours offerte de combattre. J'avais oublié à quel point Vincent aimait lire et vous donner envie de lire, cela aussi va me manquer. D'ailleurs je ne sais pas pourquoi je n'ai jamais acheté ce livre ni pourquoi il est là ce soir, à moins que Vincent n'ait semé des petits cailloux blancs partout pour nous aider à l'oublier autant qu'à ne pas le quitter.

Ne conserver de lui rien d'autre que le nécessaire dont cet homme aux chiens fait sûrement partie pour qu'il l'ait posé là dans la chambre d'amis, hier peut-être quand tout était déjà en place pour sa mort et mon arrivée, ou bien il y a un mois et tout n'est que hasard mais je ne veux pas me laisser prendre à ce jeu des questions sans réponses et j'éteins la lumière. Tous les deux maintenant allongés sous un drap dans l'obscurité, lui et moi réunis à nouveau en gisants immobiles, je m'endors aussitôt.

SAMEDI

Je me suis réveillé au milieu de la nuit sans savoir où j'étais, j'ai tâtonné quelques secondes pour trouver la porte de la salle de bains et soudain tout est revenu, le chagrin m'est retombé dessus comme une pierre. Je me suis recouché en pleurant mais dès que j'ai eu fermé les yeux je me suis rendormi d'un sommeil lourd, sans échappée. Le matin, je n'avais aucun souvenir de mes rêves.

Après le petit déjeuner, je suis allé chercher du bois dans le hangar, j'ai rallumé le feu et rangé ce que j'avais laissé traîner hier, pas grand-chose à vrai dire, il s'agit juste de m'occuper pour éviter de m'approcher trop près du vide, gagner encore un peu de temps. Tout est en ordre, dehors il pleut presque sans discontinuer depuis que je me suis levé, une pluie fine et maussade que je regarde tomber par la fenêtre, assis dans un des fauteuils du salon. Je me sens épuisé, inutile, comme un enfant qu'on aurait oublié quelque part et qui ne sait plus comment rentrer. La pluie tombe sans fin et je ne peux pas m'empêcher de penser à Vincent, j'essaie juste de ne pas m'appesantir, de ne pas m'arrêter trop longtemps sur une image pour éviter qu'elle se transforme en celle que je n'ai jamais vue mais qui revient sans cesse, celle de lui coulant au fond de l'eau. Alors je glisse doucement d'un souvenir à l'autre, je ne fais que les effleurer pour ne pas m'y plonger, ne pas m'y perdre et sombrer moi aussi.

Je ne sais pas combien de temps je me suis laissé dériver ainsi, abandonné presque inconscient si près de lui, et puis Madame Étienne est arrivée. Elle préfère que nous allions dans la cuisine et prépare du café pendant que je lui raconte mon passage chez les gendarmes, que je la remercie pour les provisions. Après nous nous asseyons à la table un moment, nous parlons du village, de la santé de son mari, de l'hiver si peu rigoureux. Des propos lisses, ordinaires, où Vincent se glisse parfois en quelques mots que nous n'arrivons pas à retenir pour rappeler sa gentillesse ou sa franchise, ses rages aussi et ses emportements. Nous aimerions pouvoir dire davantage mais nous sentons bien tous les deux que la distance est revenue et qu'il n'y a plus rien à faire, chacun restera à sa place. À la fin, elle sort un papier de son sac où elle a tout inscrit, le numéro de la mairie, l'adresse des pompes funèbres, un plan du cimetière pour que je puisse retrouver l'endroit où l'oncle est enterré si je veux aller voir par moi-même mais bien sûr elle peut aussi m'accompagner pour me montrer la tombe, que je n'hésite surtout pas à faire appel à elle s'il me manque quoi que ce soit, ajoute-t-elle en s'en allant, et qu'elle repassera lundi.

Elle est partie et me revoilà seul, sans plus être si sûr que ce soit ce dont j'ai envie. On espère toujours qu'on va mieux réfléchir quand il n'y a personne autour, qu'on va pouvoir se concentrer sur l'essentiel mais pour ça il faudrait avoir une idée de ce que peut être cet essentiel et je n'en ai aucune. Je ne sais pas à qui je dois penser, si c'est à toi, à moi ou à nous deux ensemble, si c'est ta mort qui compte ou bien ta vie, ma douleur aujourd'hui ou la tienne avant que tu te noies, je ne sais pas par où accéder à la suite, à la séparation que tu as posée entre nous et qui est là comme un mystère dont je n'arrive même pas à comprendre les termes.

Je me croyais plus solide, tu vois, en tout cas assez fort pour commencer à explorer ce monde dont tu t'es effacé sans personne pour me guider, mais non, je suis perdu tout simplement et je voudrais qu'on me rassure, qu'on m'accompagne. Qu'Antoine soit là avec moi pour m'aider à me retrouver dans cette incertitude dont je n'arrive pas à me désembourber, savoir s'il faut pleurer ou non, essayer ou non d'expliquer, si je peux continuer à t'aimer en t'accusant de trahison. J'aurais dû y penser avant et ne pas me prendre moi-même au jeu de qui est le plus malheureux, ne pas prétendre fouiller dans nos mémoires en solitaire pour essayer de te ressusciter comme si tu n'étais pas tout à fait mort, il fallait accepter de partager l'histoire et abandonner l'illusion que tout seul, j'aurais pu te suivre plus loin. Mais ai-je cru vraiment qu'il pouvait me suffire de un ou deux jours de tête-à-tête avec mes souvenirs de toi pour tout remettre en ordre et parvenir à maîtriser la mort, pour que la souffrance s'apaise et après je n'aurais plus eu qu'à attendre les autres, à m'habiller de sombre pour te porter en terre et puis très vite à t'oublier. Trop facile, petit bonhomme, les choses ne marchent pas comme ça. Heureusement, les autres seront là bientôt et je n'ai jamais eu la moindre envie de t'oublier.

Après le déjeuner, j'ai regagné mon poste près de la fenêtre pour contempler le jardin presque éteint sous la pluie. J'hésite à sortir par ce temps, prisonnier tout à coup de ta maison dont je n'avais jamais pensé qu'elle puisse être aussi vide. Je n'avais pas imaginé non plus hier qu'il ne resterait rien ce matin du ciel bleu ni que la campagne me semblerait soudain si triste, comme noyée sous le chagrin. Finalement, je décide d'aller marcher quand même, peut-être simplement pour passer un moment sans toi puisque tu détestais la pluie, alors je mets des bottes et j'enfile un ciré. Même mouillé, l'air me fera du bien.

Les sentiers sont boueux, mieux vaut ne pas quitter la route et me voici dans la grisaille, seul promeneur à travers les collines. Pas une âme. Je m'imagine vu d'en haut, point minuscule qui progresse insensiblement dans ce paysage désert et, sur l'image, on peut voir dans la brume les halos des villages autour, les lignes lumineuses que dessinent les phares des voitures, voir le trait miroitant de la rivière qui coupe le tableau en deux et dont je prends bien garde de ne pas m'approcher. Ou bien on ne voit rien, il n'y a plus personne et moi je suis le dernier homme avant la fin du monde, celui qui continue à avancer en ignorant que tout va s'écrouler ou que rien ne bougera plus. Au fond quelle importance puisque je sens la pluie sur mes mains, mon visage et que je suis vivant. Marcher encore et tant pis si je rentre trempé, la route monte en pente douce entre les champs, la terre d'hiver est nue, compacte. Au loin apparaît la forêt que je distingue à peine, la pluie ne s'est toujours pas arrêtée et je décide de revenir par l'autre route, celle du cimetière, c'est bien là que j'allais.

J'entre, je m'assieds sur un banc à l'abri. L'endroit est laid, sans charme. Juste une enceinte de béton à l'écart du village avec un terre-plein goudronné à côté en guise de parking. Le portail est rouillé et donne sur la route, pas d'arbres, pas d'herbe, des allées de gravier qui se croisent, près de l'entrée un robinet et des brocs pour remplir les vases. Tout est sinistre, le parfait contraire de la vie et c'est là que tu vas reposer puisque c'est ainsi qu'il faut dire, là que tu vas arrêter de vieillir et te désagréger, t'anéantir. Je me souviens qu'il y a quelques années déjà avec Antoine, Irène et Pierre, nous avions eu l'idée un jour d'acheter une concession, une idée pas si saugrenue au fond puisqu'il s'agissait de se dire que nous ne voulions pas nous séparer et que nous nous sentions capables tous les cinq de passer notre mort ensemble. J'étais même allé me renseigner au Père-Lachaise sur les tarifs et les disponibilités, il y avait des endroits mieux situés que d'autres, de futurs voisins anonymes ou célèbres, l'éventail était assez large pour nous permettre d'en plaisanter, mais le projet probablement trop grave pour que nous nous y attelions si tôt et nous n'en avons plus parlé, ni d'ailleurs de nos funérailles. Juste une phrase lors d'un dîner un soir de l'an dernier, tu n'avais pas ouvert la bouche de toute la conversation et puis tu as conclu soudain que le plus simple était sûrement d'être enterré là où l'on meurt, peu importe où, avais-tu dit, cela n'a aucune importance, et nous étions passés à autre chose. Pour toi ce sera donc ici.

Ce lieu ne te va pas pourtant, toi qui sitôt installé quelque part demandais où les gens étaient enterrés, parce que c'est là que sont les âmes, expliquais-tu, et dès que tu avais un moment tu allais leur rendre visite. Pas besoin d'y connaître personne, tu flânais au milieu des tombes en lisant les noms sur les pierres, en inventant des vies entre les dates qu'on avait gravées au-dessous et qui s'effaçaient lentement. La vie de ceux qui n'auront connu que l'enfance et d'autres un peu plus vieux mais qui jamais n'auront ton âge, la vie de ces couples enlacés pour l'éternité dont parfois le second ne survivait que quelques mois au premier disparu ou bien des dizaines d'années jusqu'à sans doute l'oublier, et tu imaginais la douleur folle qui vous emporte ou qui se calme, la passion ou l'indifférence, tu racontais, tu les voyais toujours vivants.

Tu t'arrêtais aussi devant les mausolées, tu contemplais les statues éplorées en cherchant leur visage caché sous un voile de pierre ou bien tu t'étonnais de présences insolites, comme ce jeune homme de marbre blanc langoureusement appuyé sur le brancard d'une brouette, torse nu et sourire aux lèvres, qui s'offrait aux passants dans une allée du cimetière de Montevideo. Je me souviens, tu m'avais rapporté la photo. Et puis il y avait les fleurs, les fleurs de plastique ou de pierre, de porcelaine ou de métal qui finissaient par s'abîmer comme les autres, mais toi tu préférais les vraies parce que, fraîches ou fanées, elles suffisaient à dire aussi bien l'éphémère que la fidélité, les gerbes blanches amoncelées quand la mort était encore neuve, après les bouquets s'espaçaient peu à peu pour ne plus revenir qu'aux dates anniversaires, puis rien, la tombe restait nue et tu disais qu'alors seulement la mort avait achevé son œuvre. Combien de fois m'as-tu traîné dans ces escapades funèbres, pas par un goût morbide, non, c'était plutôt un lien que tu tissais ici ou là avec les gens d'avant comme tu espérais que d'autres plus tard le feraient avec toi, une vieille histoire de chaîne humaine, une déclinaison peut-être un peu étrange de la fraternité mais cela finalement m'allait bien.

Je crois que c'est au cimetière de Santiago que j'ai compris ce que ces visites signifiaient. Cette fois-là tu n'étais pas du voyage, il n'y avait qu'Antoine et moi, mais avant le départ tu m'avais fait promettre d'aller y faire un tour. C'était à quelques stations du centre en métro, j'étais seul ce jour-là et après m'être arrêté devant le mur où sont inscrits les noms de tous les morts et disparus des années noires, j'avais suivi l'itinéraire que tu m'avais tracé. C'est un rectangle immense qui se divise en gros en quatre zones, m'avais-tu dit, à l'entrée les tombeaux les plus riches, pompeux et lourds pour la plupart et pas toujours en bon état, ensuite on passe au stade intermédiaire, des dalles de pierre ou de marbre, de simples croix sans fioritures et beaucoup de bouquets en plastique, puis vient un columbarium gigantesque dont les niches sont souvent protégées du soleil par de petits stores aux rayures bleues ou vertes, et enfin, tout au fond, la partie de loin la plus gaie, celle des pauvres. Une sorte de pré en désordre total plein de fleurs en papier, de faux oiseaux multicolores et de moulins qui tournent au vent, avec même un carré réservé aux enfants où tous les jouets imaginables sont déposés sur de petits autels entre photos jaunies et regrets éternels, il y a des dalles bon marché ou juste de la terre, des croix de bois, c'est là qu'il faut se promener. Ta description était exacte, un peu en dessous de la réalité peut-être pour ce qui est de la pagaille, mais le tableau était fidèle et le cimetière comme un reflet à peine déformé de ce pays qui nous avait tant occupés lorsque l'Unité populaire avait fini par être renversée, ce pays que je découvrais enfin avec près de quarante ans de retard. Tu aurais pu choisir de partir te noyer là-bas et nous serions allés couvrir ta tombe de rubans bigarrés, dommage, Vincent, dommage.

Retour au ciel de plomb de la campagne bourguignonne, la pluie s'est arrêtée et je m'en vais, fin du premier épisode cimetière. En sortant, je croise des gens qui tiennent à la main des bouquets de rechange, je salue de la tête, je ne les connais pas mais peut-être reviendront-ils pour toi. Je marche vite, frigorifié. En arrivant, je monte prendre un bain, j'ajoute régulièrement de l'eau chaude dans la baignoire et je reste là immobile, l'esprit vacant, ce n'est qu'en me séchant que je ferai le lien avec ton corps dans la rivière. Je me suis rhabillé, j'ai passé un gros pull-over trouvé dans un de tes placards et je suis descendu pour ranimer le feu.

Antoine a appelé un peu plus tard. Il demande comment je vais, si ce n'est pas trop dur et si j'arrive à tenir le coup, questions presque obligées comme le sont mes réponses, alors il bifurque très vite, fait diversion en me parlant de la chaleur des gens là-bas, de l'université où il vient de passer toute la matinée et des cours qui commencent lundi, la vie qui continue, je sais, pourtant j'ai beau essayer, je ne suis pas encore tout à fait prêt à m'y intéresser. Antoine non plus, probablement, mais on ne téléphone pas pour se taire et je finis par prendre le relais avec mes histoires de pluie, de boue, de cimetière, je dis que pour l'enterrement de Vincent il n'y aura rien de neuf avant le début de la semaine, que je n'ai eu aucune nouvelle de personne et que j'attends ici tout seul, aussi sagement que je le peux, que je l'embrasse, que je l'aime, nous nous rappellerons demain. Finalement, il y a peu de mots pour dire la peine ou tenter de la partager, les étreintes sont plus efficaces.

Pas de nouvelles, c'est vrai. Il faudrait avoir le courage de ressortir avant que le soir tombe pour aller relever mes messages, avoir la force de décrocher mon téléphone pour me relier au monde puisque à part Antoine et Irène personne n'aura l'idée d'essayer de me joindre ici et qu'il n'y a aucun réseau. Le courage et la force, je n'ai ni l'un ni l'autre. Ce qu'on pourrait nommer un splendide isolement, disais-tu en riant à ceux que ton rejet de la technologie laissait désemparés, mais vous verrez, après quelques jours on arrive très bien à s'y faire. Ton vieux numéro d'ours que nous connaissions tous par cœur, cette méfiance que tu as vite développée envers le monde virtuel et tous ses avatars contre lesquels tu nous mettais en garde infatigablement. Parce que dans cet univers-là seuls les profits et le fichage sont bien réels répétais-tu presque dès le début, sans que pendant longtemps aucun de nous ne te prenne vraiment au sérieux. Nous avions des excuses, les jouets étaient si beaux, les possibilités si grandes. Toi tu maintenais le cap, tu ne te laissais pas tenter et tu disais que ce bouleversement était bien plus profond et dangereux que ce que nous voulions bien croire, qu'il s'attaquait à la pensée, à l'amitié entre les hommes puisque l'idée était d'enfermer chacun dans son monde, jamais tu n'en as démordu et la suite commence d'ailleurs à te donner raison. Mais à quoi sert de ne pas se tromper si l'on ne réussit à convaincre personne, m'as-tu confié il n'y a pas si longtemps à la fin d'une de nos discussions nocturnes. Il serait plus facile pour moi d'avoir tort ou bien tout simplement de regarder ailleurs mais ça je n'ai jamais su faire. Tu vois, Jean, c'est la même question que nous nous posions autrefois, celle des avant-gardes ou bien, pour formuler les choses en des termes moins politiques, la question de la solitude, comment on la crée, comment on l'accepte et aussi comment on en sort. Mais quelle que soit la façon dont on tourne l'affaire, la seule certitude c'est que ce combat-là est perdu, bien perdu, as-tu conclu en te levant et tu m'as serré dans tes bras un moment avant d'aller dormir, ça n'arrivait pas si souvent, ça n'arrivera plus.

Il fait nuit maintenant. Refermer les volets, aller chercher du bois, faire repartir le feu, tout recommence d'une séquence que j'ai déjà jouée hier, comme si la routine s'installait aussitôt sans avoir rien à faire de la mort. L'impression presque d'être à l'abri, bercé au rythme de cette maison, le tien, celui que tu lui as donné et dont je sens qu'il pourrait vite m'anesthésier jusqu'à ne plus penser à rien. Peut-être aurais-je dû prendre une chambre ailleurs et ne pas me mettre à l'épreuve en choisissant de rester seul ici, mais non, je ne crois pas.

Une histoire de fidélité sans doute, même si cela n'a au fond pas grand sens vis-à-vis de quelqu'un qui nous a plaqués là sans rien demander à personne, disons que je reste attaché à l'idée de notre amitié ou bien plus égoïstement à l'image de moi en ami dévoué, pour toi, je ne sais plus. Il est possible aussi que j'aie confusément espéré finir par trouver ici un secret, la lettre qui nous dédouanerait de n'avoir rien compris, nous innocenterait, mais même si je n'ai pas cherché encore je sais bien que cette lettre n'existe pas et qu'à notre façon nous t'avons tous abandonné avant que tu nous abandonnes. Non pas que je me croie coupable de ta mort, mais forcément j'y suis mêlé, coincé aujourd'hui dans l'impuissance où tu me forces à me débattre, obligé de revoir mon bréviaire solidaire puisque je ne t'ai pas sauvé, ni moi ni aucun autre, pas même tenté de te porter secours, rien. Alors oui, je ne peux que t'en vouloir de ne pas nous avoir offert d'autre issue que ta disparition, mais je ne peux en même temps que te rester fidèle pour esquisser au moins quelques réponses et que nous demeurions amis. Joyeux capharnaüm dans lequel il va bien falloir mettre un peu d'ordre pour arriver à débrouiller les fils. Au fond, je n'ai pas si mal fait de m'installer ici.

Ce soir ni pommard ni vaisselle de fête, j'ai mangé à la table de la cuisine, charcuterie salade et le dernier bout du gâteau, je n'avais pas très faim. Huit heures et demie ou peut-être un peu plus, l'heure à laquelle d'habitude Antoine et moi nous sortons pour dîner mais ici la journée est finie, chacun chez soi et la vie au-dehors s'est arrêtée avec la nuit. Je pourrais regarder un film, j'ai vu que tu avais *Cinq Pièces faciles* et même *Nos Meilleures Années* en italien non sous-titré, de quoi pleurer des heures sur notre jeunesse évanouie, ta vie tout entière maintenant envolée. Mieux vaut ne pas jouer la carte de la mélancolie, je risque de m'y perdre. Alors je traîne à travers la maison, j'ouvre les portes des armoires, les tiroirs des bureaux, des commodes, comme au jeu juste un tour pour voir puisque je n'ose rien toucher encore, le temps de l'inventaire viendra bien assez tôt. Je regarde aussi les photos éparpillées un peu partout dans les bibliothèques, des photos avec ou sans cadre, grandes ou petites, repliées quelquefois sur les bords pour mieux pouvoir tenir droites, des images de groupe, des portraits ou des paysages déposés sur les étagères au hasard pour former le récit éclaté de ta vie, le résumé désordonné des endroits ou des gens qui t'ont rendu heureux. Je croyais les connaître tous et je m'aperçois qu'il m'en manque, que certains ne me disent plus rien ou me sont étrangers comme si commençaient à s'installer les premières zones d'ombre. Il y en aura d'autres j'imagine, et de plus en plus vastes, de plus en plus obscures, sinon c'est toi qui m'aurais accueilli ici ce soir et je n'errerais pas à ta recherche entre ces murs.

Je vais monter, me mettre au lit avec cet homme aux chiens que tu m'as laissé en partage. Est-ce que toi tu aimais les chiens ? Il me semble que non mais je ne pourrais pas en jurer.

DIMANCHE

J'ai lu un long moment hier soir, après je me suis endormi aussitôt la lumière éteinte. Pas d'insomnie comme j'en ai si souvent, pas de rêve non plus, il faut croire que la nuit j'ai choisi de bien me protéger, en tout cas dans le noir les barrières se dressent toutes seules derrière lesquelles tu t'évanouis. Plus de traces de toi pour quelques heures, un sommeil lourd et sans relief où je m'ensevelis, où sans même y penser je te perds, mais tu es là dès mon réveil, fidèle au poste, à peine une seconde ou deux pour que le souvenir revienne et me rappeler que tu es mort. Allongé dans mon lit, les yeux ouverts, j'entends la pluie dehors et je me dis que tu es mort, que tu vas être mort tous les jours désormais, reste à savoir combien de temps moi je mettrai pour ne plus forcément penser à toi chaque matin, j'aimerais que ce soit beaucoup ou du moins c'est ce que je me dis mais au fond je n'en suis pas certain. Bientôt probablement, je ne serai plus avec toi que par intermittence, mais je pourrai rêver de nous parfois et te faire ressurgir au gré de mes tribulations nocturnes, ce n'est pas ton absence que je crains, juste de t'oublier.

Tu sais, l'avantage des morts annoncées, c'est qu'aussi triste que l'on soit on arrive à s'y préparer. Bien sûr, on découvre un temps limité tout à coup mais qu'il est possible encore de compter, en semaines, en mois ou souvent en années. Un temps dont on peut garder l'impression qu'on le maîtrise encore même s'il est trop court, même si ce n'est pas vrai et si, sans trop vouloir se l'avouer, on ne fait plus que suivre, qu'accompagner la mécanique qui se dérègle d'un corps, de sentiments, de jours qui passent imperturbablement. Un jour gagné ou bien un qu'on retranche, mais qu'on soit optimiste ou non n'a pas grande importance puisqu'on arrive à se convaincre que, pris sous la menace, on aura réussi à profiter de chaque instant mieux qu'on ne l'aurait fait sinon, qu'on se sera tout dit ou presque, l'affection ou l'amour à peu près épuisés et que finalement l'essentiel aura pu s'écrire d'un récit qu'on espère retenir en entier en dépit des lacunes que l'on y devine déjà. Et tant pis si l'on peut se douter qu'il n'en restera plus bientôt que des instants épars, des images éclatées comme sur les étagères de tes bibliothèques, au moins le terrain est-il prêt pour la suite sans l'autre, sans celui qui est mort en route et que l'on abandonne à l'endroit où il est tombé.

Et c'est justement le problème avec toi maintenant, tout ça n'est pas possible et il faut travailler sans filet. Accepter que ce qui n'a pas été dit ou fait ne le sera jamais, qu'il n'y aura pas de rattrapage, pas de seconde chance puisque tu n'es plus là pour la donner ni d'ailleurs pour la recevoir, tu n'es plus là du tout. C'est une manière de s'en tirer évidemment, ne pas s'attarder sur la fin et penser que tu nous entraînes une nouvelle fois où nous n'aurions pas eu l'idée d'aller, ce qui a toujours été un de tes charmes, mais là, vois-tu, j'ai du mal à te suivre, je sais d'avance qu'il n'y a pas de porte de sortie, aucun espoir. Là se terminent les années d'une amitié que je croyais définitive, tu as coupé les ponts comme si rien ni personne ne valait d'être en vie, comme si du jour au lendemain tous les grands mots que tu as longtemps agités avaient soudain perdu leur sens, la solidarité, la lutte, le partage, alors pourquoi voudrais-je être à tout prix le gardien d'une histoire que tu as close tout seul et qui visiblement ne t'intéressait plus ? Je n'ai la vocation ni de devin ni de vestale et peut-être il serait plus sage de tout ranger dans une boîte comme celle où tu as choisi qu'on t'enferme avant l'heure et plus tard regarder des photos pour verser une larme. Aujourd'hui, fin de l'aventure, on met les mouchoirs dans sa poche et on arrête de pleurer.

Je ferais mieux de me lever plutôt que de rester là dans mon lit à fixer le plafond en étudiant ta mort sous toutes les coutures. Mieux de sortir, de me bouger pour secouer les humeurs noires mais je n'ai pas envie encore et, de toute façon, les questions ne changeront pas que je sois debout ou couché. Ce ne sont pas vraiment des questions en fait, même si parfois je les énonce sous forme d'interrogations, plutôt des éclaircissements, des mises au point que j'essaie de faire avec toi, avec moi surtout en espérant pouvoir gratter la croûte pour aller plus profond, jusqu'à ce sentiment qui ressemble à la peur et qui affleure sous le chagrin. Peur de ne pas te reconnaître, peur de ne plus exister depuis que toi tu as coulé, peur d'un récit autour duquel je n'ai pas cessé de tourner depuis que je suis ici sans arriver à en assembler les morceaux pour éviter d'avoir à y constater mon absence. Alors j'hésite en permanence, je t'en veux et puis je ne t'en veux pas, je m'apitoie ou bien je m'indiffère mais, dans le fond, je sais parfaitement que si tu étais mort d'un accident sans que je puisse te revoir, je ne me demanderais rien, je me contenterais de mes regrets, de ma tristesse et j'attendrais qu'elle passe. Ce n'est pas ta mort qui me déborde, à notre âge la mort n'est pas une nouveauté et il y a comme une habitude à force, non, ce que je ne parviens pas à concevoir c'est que tu l'aies voulu, ce suicide que peut-être un jour moi aussi je trouverai courageux mais que je suis toujours incapable de me représenter, sans doute parce qu'il porte en lui ma mort tout autant que la tienne, cette croix que tu as faite sur moi et tous les autres comme une condamnation avant l'heure à laquelle je ne me résous pas.

Fermer les yeux et reprendre au début. Imaginer l'après-midi où tu as repéré les lieux, cet automne probablement, les arbres commencent à roussir, c'est la saison que tu préfères. À l'endroit où tu t'es arrêté l'eau forme de petits tourbillons où l'on peut perdre pied quand la rivière est haute, ta décision mûrit depuis déjà quelques semaines et tu comprends tout à coup qu'elle est prise, ce sera là. Rien ne presse dès lors que le cadre est fixé, tu vas prendre tout le temps nécessaire pour que la fin soit nette et sans bavures, un ou deux mois pour mettre tes affaires en ordre, faire ta tournée d'adieux que tu maquilleras en au revoir, le choix est fait, il n'y a plus d'obstacles. Les mouvements du monde ont sans doute quelque peu repoussé l'échéance, c'était sans importance puisque tu étais sûr de ne plus reculer mais à ton retour de Paris en décembre tu t'es dit qu'il ne fallait plus trop tarder malgré tout et tu es retourné sur les bords de la Cure pour t'assurer que rien n'avait changé. Après ce n'est plus qu'une question de jours, tu as tracé un plan un soir pour qu'on puisse te retrouver, acheté une corde et choisi avec soin des cailloux assez lourds pour en lester tes poches, tu as vécu avec ta mort en tête sans que nul ne s'en aperçoive et le matin où tu t'es senti prêt tu t'es réveillé avant l'aube. Quand tu as ouvert tes volets il faisait nuit, tu as posé les enveloppes bien en vue sur la table et refermé la porte, traversé le village, marché sans hâte vers la rivière avec ta corde sous le bras que tu as nouée autour d'un arbre et que tu t'es ensuite attachée à la taille avant de vérifier que les nœuds tenaient bon. Tout est en place, le ciel commence à s'éclaircir, alors tu pénètres dans l'eau toujours sans te presser, l'eau glacée te fait t'arrêter, une seconde à peine où peut-être penses-tu à renoncer mais c'est juste un frisson et tu continues d'avancer, encore un peu plus loin quand le froid te saisit tout à coup, tu ne t'attendais pas au froid ni à tomber comme une masse, l'eau te recouvre, l'eau t'envahit, tu t'es noyé.

J'ouvre les yeux, je regarde les fissures sur les murs, au plafond. En fait, il suffit d'accepter de te suivre pour découvrir que je suis là quelque part sur la route, de retracer l'itinéraire pour ne plus y être étranger. Il y a sûrement d'autres versions possibles, d'autres manières de raconter l'histoire, plus distanciée ou plus violente par exemple, plus détaillée certainement si l'un de nous en a le courage, peut-être même une histoire différente mais ta mort en tout cas ne m'exclut plus. Est-ce juste d'avoir prononcé les mots, je ne sais pas et de toute façon je doute que cela suffise à m'apporter la paix. Maintenant il faut que je me lève, que j'ouvre les volets. Le temps est le même qu'hier, ciel gris et pluie invisible comme une bruine inépuisable, aujourd'hui je ne sortirai pas.

Il était tard quand je suis descendu, la matinée a passé vite. Tout à l'heure, Irène a téléphoné pour dire qu'elle arriverait demain, Pierre viendrait la rejoindre un ou deux jours plus tard et, comme ils préféraient ne pas habiter chez Vincent, elle avait pris une chambre dans un hôtel des environs, son train partait en fin d'après-midi et elle serait là vers huit heures, je n'avais qu'à passer la prendre à la gare, nous irions dîner à Vézelay. D'accord, Irène, d'accord, à demain soir. Dernier jour donc de ma solitude, retour prochain au pays des vivants.

Je vais et viens dans la maison, je m'affaire, je recolle le barreau d'une chaise cassée, change l'ampoule qui a sauté dans la cuisine ce matin. J'ai envie d'entendre Antoine mais il est encore tôt là-bas et nous sommes dimanche, je vais aller attendre patiemment dans le salon en lisant près du feu. Quand je finis par appeler il répond d'une voix hésitante, sa voix ensommeillée des grasses matinées et je vois ses cheveux en bataille, j'imagine sa tête à moitié cachée sous les draps pour éviter que le jour l'éblouisse, tu me manques, mon beau, tu me manques. Attendre un peu le temps qu'il se réveille, lui dire que depuis hier il ne s'est pas passé grand-chose, que je réfléchis trop sans doute et que je me laisse entraîner vers des zones incertaines où je finis par lâcher prise, la grande confusion tu vois, trop long à raconter. Lui répond qu'à son retour nous aurons tout le temps, que je ne devrais pas être aussi pressé de comprendre, de faire le tri, et puis surtout rassure-toi, ajoute-t-il en riant, il n'y a rien non plus de très nouveau de mon côté de l'océan et tu me manques toi aussi. Quelques mots tendres murmurés, après nous avons raccroché. Voilà, j'en ai fini pour aujourd'hui avec le monde et je reviens sur ton terrain, Vincent, retour à toi.

J'hésite encore à commencer tout seul la campagne de fouilles qu'il faudra pourtant bien mener pour trier tes affaires mais je compte sur Irène et son art de bibliothécaire. Je suis sûr qu'elle fera ça très bien, en tout cas sans les états d'âme auxquels je crains de ne pas pouvoir échapper. Irène est parfaite pour classer, ranger, jeter aussi. Lorsque nous militions ensemble, au début elle était préposée aux archives avec toujours pour objectif de ne garder que l'essentiel, vous êtes trop sentimentaux, nous disait-elle, vous donnez trop de prix au moindre document surtout s'il est de vous, espérons simplement qu'avec le numérique elle n'aura pas perdu la main, mais je lui fais confiance. Reste que je pourrais malgré tout aller regarder les papiers que j'ai vus hier dans les tiroirs de ton bureau, quelques chemises et des carnets que tu n'as sûrement pas laissés là par hasard, quelques autres petits cailloux blancs gentiment semés sur ma route et que je ferais mieux de suivre plutôt que de tourner en rond, d'arpenter la maison comme un spectre en espérant sans doute y croiser ton esprit voletant, ma principale occupation depuis que j'ai passé la porte vendredi et dont il vaudrait mieux que je me lasse maintenant.

C'est fait, je suis devant ta table, assis dans ton fauteuil. J'ai posé les carnets devant moi, couvertures noires cartonnées, chacune avec une étiquette d'écolier où tu as écrit les dates de début et de fin. Évidemment, je devrais lire dans l'ordre, évidemment aussi je prends le plus récent, celui qui est marqué Juin/Novembre 2016 et je vais droit à la dernière page mais rien, pas un mot de la mort si proche ni de ta fatigue de vivre, juste un croquis de la vue qu'on a de ta fenêtre avec ces mots dessous, « Fin d'automne et fin des écritures ». Je pense aux quatre phrases par lesquelles Pavese conclut son journal un jour ou deux avant de se tuer, « Tout cela me dégoûte. Pas de paroles. Un geste. Je n'écrirai plus ». Ces phrases que j'avais apprises par cœur autrefois sans doute par admiration pour un tel désespoir et qui me reviennent intactes comme si je les avais lues hier, peut-être t'en es-tu souvenu mais tu as préféré ne pas être aussi clair, ne pas donner d'indice mis à part le mot « fin » qui ne peut valoir preuve, juste un simple soupçon.

Aucune piste pour rassurer qui que ce soit et d'ailleurs, en ouvrant tes carnets, je n'attends ni confession ni plainte, rien en tout cas qui puisse ressembler à ces journaux intimes que tu as toujours détestés. Tu te moquais des épanchements ciselés à l'intention de lecteurs à venir car personne, disais-tu, ne tenait son journal sans l'idée d'être lu, c'était la loi du genre et tu racontais que ton père laissait souvent le sien à portée de main des curieux, de la tienne en particulier, alors tu ne croyais pas beaucoup en la sincérité de ces écrits pleins de lacunes et d'enjolivements, destinés avant tout à peaufiner l'image que leur auteur voulait donner de lui. Même chose aujourd'hui pour les réseaux sociaux, ces nouveaux journaux que n'importe qui désormais pouvait tenir directement sous le regard des autres, as-tu ajouté par la suite, chacun travaille pour la galerie, ce qui d'ailleurs n'est pas un mal en soi, à condition de ne pas prétendre autre chose ni de simuler la spontanéité. Tu t'étonnais toujours de cet appétit d'être lu, entendu, quand on devait savoir au fond qu'on n'avait pas grand-chose à dire, surtout tu te demandais ce que pouvait bien signifier son pendant, l'appétit de lire et d'entendre autant de platitudes. Tu détestais cette exposition permanente des idées et des sentiments à laquelle tu auras pris grand soin de ne pas te mêler, vanité à tous les étages, t'emportais-tu parfois, au moins ne pourra-t-on te reprocher d'avoir cherché à encombrer ni les esprits ni les écrans.

Finalement, je reviens à la chronologie et j'ouvre le premier carnet. Décembre 84, Montevideo, Laura vient de te quitter. Tu n'écris pas grand-chose de ton malheur sinon que tu n'avais jamais imaginé avant que l'on pouvait souffrir autant, que la douleur te cerne de partout et que, si tu t'en échappes un jour, tu ne la laisseras plus te reprendre. Des mots secs et précis pour décrire cet enfermement, te soulager sans doute mais tu t'en veux très vite de t'apitoyer, de t'exhiber dis-tu, et la règle est fixée désormais de garder le silence sur les déchirements, ne pas s'étendre sur les affaires privées ou en tout cas le moins possible.

Écrire plutôt ce que tu vois, Laura s'efface pour faire place à la ville que tu sillonnes sans répit, tu racontes les rues quadrillées, le fleuve pareil à un océan gris, les lumières rares la nuit et les trottoirs aux trous béants, le claquement des sabots que l'on entend de loin, les charrettes de chiffonniers qui surgissent de nulle part comme de vieux corbillards, leurs chevaux maigres et fatigués pareils à ceux qui les conduisent. La tristesse est partout, écris-tu, la misère, la nostalgie. Tu parles aussi des réunions auxquelles tu recommences à aller, de la musique que tu découvres ici, les milongas ou les boléros, et tu notes les airs des chansons, tu copies les paroles, tu es preneur de tout, en vrac, pour t'aider à rétablir le calme et finir d'étouffer la passion. Il y a surtout les camarades, certains dont tu dessines le portrait au crayon, tous ceux qui finiront par réussir à te faire sentir plus léger et que tu me présenteras presque vingt ans plus tard quand nous irons là-bas ensemble, je me souviens combien tu paraissais surpris que le malheur ne soit pas là, au rendez-vous, et qu'il ne t'ait pas rattrapé dès la frontière passée. Un voyage pendant lequel tu tenais à tout reconnaître, pourtant les choses avaient changé, les gens aussi bien sûr, et toi tu revenais à leur rencontre en espérant pouvoir gommer le chemin parcouru. Je te revois te promenant à travers les rues de la ville, nous guidant dans ton rêve éveillé à la recherche d'un passé en miettes. Peut-être avais-tu déjà essayé avant notre départ de remonter le temps, relu ces pages comme un aide-mémoire, je ne sais pas. Le carnet en tout cas se termine la veille de ton retour, embrassades et remerciements, dis-tu juste pour résumer des journées entières d'au revoir avec cette sobriété dont tu voulais ne plus te départir. Suivent ensuite les noms et les coordonnées de tous les gens à qui tu es chargé de remettre les paquets et les lettres que chacun t'a confiés, une quinzaine au moins dont certains sont restés tes amis, écrire pour ne pas se perdre, pour ne pas risquer d'oublier.

Silence pendant cinq ans, le début du deuxième carnet est daté de l'automne 91. 10 octobre, tu rentres d'un dîner avec Jacques qui t'a appris qu'il avait le sida depuis plusieurs années, probablement attrapé avec une fille de passage. Tu ne donnes pas d'autres détails de votre conversation, tu avoues simplement que tu t'inquiétais davantage pour moi ou pour Antoine et que tu as honte maintenant de cette crainte sélective. Le lendemain, tu notes une longue série de questions, celles que tu veux poser à propos de la maladie dont tu te rends compte soudain que tu ne sais en fait à peu près rien. Questions sur l'écriture aussi, sur son utilité, sa fonction, tu te demandes pourquoi elle te semble à ce point indissociable du malheur. Questions encore sur ton courage, sur ta capacité à fuir la complaisance et affronter la mort, des mots qui prennent un autre sens évidemment quand c'est moi ce soir qui les lis mais les réponses devaient sembler si loin alors.

Rien après durant des semaines, puis Jacques est hospitalisé une première fois et tu ouvres à nouveau le carnet à la fin de novembre, tu l'ouvriras pratiquement chaque jour jusqu'à sa mort dix mois plus tard. Quelques lignes le plus souvent, parfois sur les recherches en cours ou les espoirs de traitement mais l'essentiel concerne Jacques et c'est comme un livre de bord que tu tiens de sa maladie, le récit bref et rigoureux des symptômes qui se chevauchent, des visites à l'hôpital où les séjours de Jacques se font plus longs et plus fréquents. Je te retrouve dans ces phrases tout aussi dévasté que tu l'étais à l'époque mais essayant toujours d'ignorer ta souffrance en espérant la détacher de toi, tu étais le plus gai à son chevet, je me rappelle, celui qui savait le mieux le faire rire et le seul surtout qui osait parler de la suite sans prétendre qu'il guérirait mais en répétant chaque fois qu'il était bien vivant.

Jacques fut le plus proche mais bien sûr pas le seul et les autres sont là, éparpillés dans ton carnet. Cet ami grec depuis longtemps perdu de vue et qui ressurgit dans ta vie par hasard parce que le médecin qui te suit a prononcé son nom, tu apprends qu'il se meurt dans une chambre d'hôpital mais il refusera jusqu'à la fin que tu viennes le voir. Cet écrivain que tu trouvais si beau, si maigre maintenant et qui un soir dans un dîner t'excuse en souriant de ne pas l'avoir reconnu, ce n'est pas grave, dit-il avec douceur, ces temps derniers cela lui arrive souvent. À ceux que tu connais à peine tu ne mets que leur nom, pour mémoire écris-tu entre parenthèses au-dessous, alors je me souviens de cet après-midi à Santiago il y a quelques années, mon arrivée là-bas le jour précis qui venait d'être déclaré jour officiel des disparus. Le kiosque de la Place-d'Armes s'était rempli tout à coup, des femmes lisaient des noms comme une litanie et l'assemblée à chaque fois leur répondait présent, moi j'étais en retrait appuyé contre un arbre et je pleurais comme aujourd'hui, c'était un beau hasard, m'as-tu dit quand je t'ai raconté l'histoire. Toi, tu ne pleures pas dans ce carnet, pas une fois, tu te limites aux faits et tes mots sont sans indulgence à travers lesquels je peux lire la peur et la colère que nous ressentions tous. Puis Jacques est mort et tu as cessé d'écrire aussitôt.

Respirer. Je voudrais sortir prendre l'air mais il continue de pleuvoir et je sais bien que je ne peux plus arrêter ma lecture. Aller dans le salon et ouvrir malgré tout la fenêtre, le temps de préparer un thé. Le froid me fait du bien. Après, je retourne m'asseoir dans ton fauteuil et j'ouvre le troisième carnet, celui dont l'étiquette ne porte pas de date mais juste la mention « Changement de millénaire ». C'est le plus long, une cinquantaine de pages dont je comprends dès le début que je les connais toutes. Une sorte de concentré de ce qui pendant des années est resté ton combat solitaire, dénoncer inlassablement l'invasion de ce que l'on appelait au début les nouvelles techniques de communication, ce fatras d'appareils qui tout à coup ont pris d'assaut nos existences et la course toujours plus folle aux téléphones et aux ordinateurs qui à tes yeux n'était organisée que pour mieux s'assurer le contrôle de nos cerveaux et de nos corps. Nous isoler, nous surveiller sous le prétexte de nous offrir des libertés jusqu'ici inconnues. Les distances effacées, les hommes réunis, on nous promet tout le bonheur du monde et pendant ce temps-là, on établit des listes, on nous fiche, on nous écoute et à la fin on nous achète ou on nous vend. Tu écris cela autour de l'an 2000 et ta voix reste alors inaudible, pourtant tu es si sûr, sûr que l'enjeu est de toucher au plus profond de nous, de transformer les liens intimes de chacun entre intérieur et extérieur, entre ce qu'on offre ou pas aux regards, ce que l'on tait ou non, l'essence même de notre relation aux autres. Vieux rêve de surveillance planétaire enfin réalisé, notes-tu avec amertume, un policier par citoyen pour un contrôle universel sans autre mouchard que soi-même et tu es convaincu que rien n'est anodin dans la technologie qui sans bruit envahit nos gestes un à un.

Alors tu énumères les chiffres et les études, les preuves en tout genre, tu recopies des articles entiers, tu accumules les exemples et, si nous n'avions pas discuté tant de fois du monde qui se dessine, à te lire aujourd'hui je ne verrais qu'une obsession dans cet empilement qui semble ne pas en finir, mais non. Je t'entends encore t'emporter quand je mettais tes arguments en doute ou quand je t'accusais de voir un plan méthodiquement exécuté là où il n'y avait probablement qu'intérêts financiers, tu étais en colère de tant d'aveuglement et tu ne voulais plus rester les bras croisés en attendant de voir la tournure qu'allaient prendre les choses alors que justement le temps s'accélérait et qu'en face déjà tous étaient sur le pont. Surtout ne plus être patient, disais-tu, car bientôt le champ de bataille ne sera plus le même, ce ne sera plus l'heure des convictions ni le temps des principes, on ne défendra que sa peau. Nos combats dépassés et nous vaincus d'avance si nous ne nous réveillons pas, combien de temps me reste-t-il à pouvoir vadrouiller sans téléphone en poche avant que les autres m'en veuillent, finis-tu par te demander, tu sais qu'on ne tient pas longtemps en marchant à contre-courant et tu avoues ne pas avoir envie de te retrouver à l'écart au bout de tant d'années passées à voyager, à vivre, à réfléchir avec les autres. Au fond, ce carnet est peut-être le seul à offrir des explications à ceux qui voudront en trouver, le seul aussi d'ailleurs que tu juges bon de reprendre à quelques années d'intervalle quand se noue un débat qui pourrait te donner raison, alors tu reviens à la charge mais on sent que le cœur n'y est plus. Et lorsque l'affaire éclate des écoutes américaines, après un temps de vague espoir, tu reviens vite à la réalité pour constater que rien ne bouge, que l'inertie est générale derrière les réactions outrées et qu'il n'est pas encore l'heure de ce combat. Pour l'instant, l'adversaire l'emporte haut la main et tu passes le relais à ceux qui un jour le prendront. Il y en aura, dis-tu, heureusement il y en a toujours.

Dernier carnet, celui dont j'ai déjà lu la fin tout à l'heure et qu'il suffit de feuilleter pour voir qu'il ne ressemble en rien aux autres. Cette fois, ce sont des notes éparses, disparates, des citations ou simplement des références. Tu consignes les jours comme ils viennent et à regarder les dessins qui maintenant te servent presque autant que les mots on pourrait croire à une sorte de paix retrouvée. Plus rien qui semble t'inquiéter, plus de questions ni par conséquent de réponses qu'il faudrait y donner, tu racontes ce qui t'entoure, ce que tu fais, le temps qui passe, tous ces évènements minuscules comme tu les appelles et qui l'un après l'autre finissent par remplir la vie. En juillet, tu pars en Grèce comme pratiquement chaque été depuis plus de trente ans, ton pays de refuge autant que d'aventure et tu remplis alors les pages de portraits ou de paysages. Je reconnais le temple en haut de la colline qui surplombe la mer à Égine et aussi cet immense rectangle de pierre qui se dessine sur le ciel à l'entrée du port de Naxos comme une porte sur l'horizon, un passage vers l'infini, m'avais-tu dit la première fois où nous étions allés là-bas, mais tu n'avais pas décidé s'il était destiné à séparer les dieux des hommes ou au contraire à les relier. D'autres dessins de lieux que je ne connais pas, puis tous ceux de Léros où tu nous as rejoints en août, l'asile abandonné dont j'ai lu l'autre jour que maintenant il abritait des réfugiés, la chapelle dans l'eau reliée au quai par une digue, notre plage déserte au bout d'un long chemin pierreux et où deux vaches venaient boire tous les après-midi à quelques mètres du rivage.

À notre retour de Grèce, lorsque tu choisis de déménager en Bourgogne, ton carnet tout à coup se met à ressembler à une sorte de long pense-bête avec des listes en tout genre, quelques semaines à peine et puis tu reviens aux croquis, aux notes de lecture, tu commences à inscrire certains circuits de promenade et parfois tu racontes une rencontre de hasard, la femme assise sur un banc qui voulait à tout prix te prendre pour un autre ou bien cet homme croisé un jour sur le chemin de Vézelay et qui marche tout seul de ville en ville, il n'y a pas si longtemps jusqu'à Jérusalem. Quelqu'un là-haut devait veiller sur lui, t'avait-il dit en riant, mais mieux valait ne pas chercher à savoir qui. Tes phrases à la fin me semblent presque trop légères mais bien sûr j'interprète, partout ici j'essaie de voir du désespoir en transparence, de débusquer une forme de renoncement là où probablement il n'y en a aucun et là où en tout cas je n'aurais jamais essayé d'en trouver si tu ne t'étais pas toi-même donné la mort. C'est étrange d'ailleurs à quel point je n'arrive à lire ce carnet qu'à travers le prisme de ton suicide, comme si j'étais persuadé qu'au moment où tu l'as commencé ta résolution était prise et se dissimulait sous chaque phrase, qu'elle patientait déjà quand tu prenais des notes ou quand tu dessinais dans l'île cet été, que j'aurais dû la deviner au moins lorsque tu as quitté Paris pour t'installer ici, mais non, comment imaginer que pendant tout ce temps tu savais, que moi aussi peut-être, et que nous ne nous sommes rien dit. Penser cela et puis juste après le contraire. Je me sens comme un homme épris qu'on vient d'abandonner et qui cherche sa faute, qui interroge chaque mot, chaque geste précédant la rupture dont il aimerait croire qu'il n'a rien vu venir. Où me suis-je trompé, qu'aurais-je pu faire d'autre, à quel moment aurais-je dû écouter ou parler ou aimer un peu plus, les mêmes questions sans cesse, mais l'homme épris a l'avantage de pouvoir espérer reconquérir sa belle. Fin du voyage dans le temps, je range les carnets dans le tiroir, je verrai le reste plus tard.

Il ne pleut presque plus et je vais sortir malgré tout, faire un tour avant que le soir tombe. Bottes et ciré comme hier. Les champs sont toujours aussi tristes et le cimetière aussi désert. Dans ma poche, le plan pour retrouver la tombe, une dalle de pierre sans le moindre ornement, juste les noms de l'oncle et de sa femme gravés l'un au-dessous de l'autre, Octave Marquet, Louise Marquet. Il sera en bonne compagnie, m'a dit Madame Étienne en me tendant le papier. Et même si je ne crois en aucun au-delà, j'aime bien cette idée que les morts se tiendraient compagnie et qu'ils se sentiraient peut-être moins abandonnés en entendant au-dessus d'eux les pas des promeneurs. Je sais que ça n'a pas de sens mais je voudrais être enterré dans un endroit où les gens passent, où les gens parlent, et à voir ce lieu désolé sous le ciel gris, je crains qu'il n'y ait pas grand monde pour te rendre visite, pas beaucoup d'inconnus qui viennent lire ton nom et t'inventer une existence. Un long silence sans surprises, tu vas être bien seul ici.

Retour à la maison. Je regarnis le feu, referme les volets. Il est encore un peu tôt pour dîner alors je retourne m'asseoir à ta table, je rouvre le tiroir et j'en sors les chemises cartonnées que tu as laissées bien en ordre à côté des carnets. Je ne sais plus si j'ai raison de regarder et il me semble tout à coup que je préférerais ne rien y trouver d'autre que des papiers sans importance, des reçus, des factures, des relevés de comptes, rien qui te concerne vraiment et que tu aurais placé là comme un message en nous laissant le soin de deviner pour qui, pour quoi. Parce que tu vois ces cailloux que tu sèmes vont finir par peser dans mes poches autant que ceux dont tu as rempli les tiennes et je crois que ce n'est pas juste, que je n'ai pas besoin d'autres questions ni de nouveaux regrets. Je voudrais que tu sois bienveillant maintenant et que ta mort ne serve pas de vengeance posthume, c'est toi qui as choisi, pas moi.

Les chemises sont posées sur la table, chacune porte un titre et comme je l'espérais la plupart ne contiennent aucun document personnel, Maison, Banque, Voisins, il y en a une dizaine de celles-là dont je suis sûr qu'Irène saura très bien se débrouiller et que je remets toutes aussitôt à leur place. Il en reste encore deux, la première marquée Lettres avec dedans quelques enveloppes où tu as mis d'anciens courriers classés suivant l'expéditeur dont chacune porte le nom. Une pour moi, bien sûr, et je sors au hasard une feuille à petits carreaux couverte de haut en bas de mes pattes de mouche, je me souviens que je n'allais jamais à la ligne, je ne laissais aucune respiration nulle part, mes écrits toujours comme des blocs compacts à prendre ou à laisser. Je lis des noms qui ne m'évoquent rien, des affaires de jeunes hommes que nous ne sommes plus. Quinze ans au moins que nous ne nous sommes pas écrit autrement que par mails ou par cartes postales et je n'ai pas envie ce soir de replonger dans ce passé, dans des lettres si vieilles que je ne suis pas sûr de nous y reconnaître, pas aujourd'hui, j'ai tout le temps.

Il fait nuit à présent. Je vais chercher un verre de vin et m'installe au salon près du feu pour ouvrir la dernière chemise. Une chemise rouge intitulée Attentats où tu as regroupé des articles de presse, des photos, quelques notes de toi aussi comme une suite à ton dernier carnet où tu n'as rien écrit de tous ces morts qui semblaient t'avoir tant meurtri, je me suis demandé pourquoi tout à l'heure et peut-être ai-je là ma réponse, peut-être as-tu voulu attendre que le calme revienne autour de toi, autour de nous. En feuilletant les articles que tu as gardés, je m'aperçois qu'à part une longue interview dans laquelle une sociologue dit la difficulté de trouver où ensevelir les corps des djihadistes morts, il n'y en a aucun sur les auteurs ni les causes des attentats, pas une analyse de fond, plutôt des reportages sur les lendemains du massacre, sur les hommages du monde entier, quelques récits de survivants et puis les portraits des victimes que tu as soigneusement découpés. Tes notes viennent à la fin, jetées en vrac sur des feuilles volantes au gré de tes lectures ou de ce que tu entends, de ce qu'Antoine et moi ou d'autres encore te racontons, des notes où tu parles de toi quelquefois et de la confusion des sentiments qui te surprend toujours mais où tu ne parais plus si pressé de vouloir mettre de l'ordre.

Le premier jour, tu juges absurde le grand théâtre parisien des bougies allumées, des messages et des fleurs qui s'amoncellent un peu partout, le faux chagrin de ces gens qui s'assemblent autour d'une statue pour pleurer de parfaits inconnus, puis tu te prends à être ému de voir qu'à l'autre bout de la planète des gens se groupent à leur tour pour témoigner leur solidarité et tu les envies presque de cet élan de sympathie, tu t'en veux de cette retenue que tu maintiens en permanence, le cœur sec écris-tu, mais au fond tu te sens comme eux porté par cette vague, partie prenante d'un ensemble, ce qui finalement ne t'était pas arrivé depuis longtemps. Plusieurs fois tu reviens sur l'indifférence justement, en général proportionnelle à la distance pour ce qui concerne la mort, à moins qu'une autre forme de proximité ne prenne le dessus, symbolique le plus souvent et qui fait que l'on pleure avec l'autre sans forcément savoir pourquoi, parce que l'on a été enfant ou écolier et qu'ils tuent des petites filles qui veulent simplement apprendre, parce qu'un immeuble en s'effondrant a peut-être écrasé l'ouvrier qui a tissé notre chemise. Alors pour des raisons qui paraissent parfois absurdes ou anodines, des raisons qu'il arrive même qu'on ne connaisse pas, certaines morts lointaines nous blessent au plus profond, tandis que d'autres toutes proches ne nous atteignent pas ou si peu, d'autres encore auxquelles on croyait s'être bien préparé balaient toutes les digues et nous laissent à terre, sans défense. Parce que aucune mort n'est semblable ni pour celui qui disparaît ni pour celui qui reste, et si certaines nous sont trop étrangères pour que nous nous sentions touchés, ce n'est signe de rien, dis-tu, pas plus que les sanglots ne valent preuve d'humanité. Les vrais indifférents sont ceux qui pleurent sans distinction, pour qui la mort est uniforme et l'existence sans passion.

Il y a d'autres passages où silencieusement se glisse la fin de ton histoire lorsque tu imagines par exemple les âmes errantes des bourreaux auxquels personne n'a voulu accorder de sépulture, tu te souviens de ces prisonniers argentins ou chiliens largués dans l'océan, les pieds pris dans un bloc de ciment et qu'on n'a jamais retrouvés. Sans cadavre, il n'y a plus vraiment de mort et c'est depuis la nuit des temps la condamnation la plus lourde, la peine de disparition, écris-tu, et celle-là ne frappe que les vivants, les innocents. Et puis tu parles des portraits des victimes publiés dans certains journaux, *Le Monde* a commencé par la simple liste des noms et cela t'a rappelé les murs des cimetières à Santiago, à Buenos Aires, dans tous les mémoriaux que tu n'as jamais visités. Tu t'étonnes toi-même que cette liste te rassure alors que tu savais déjà que tu n'y connaîtrais personne et tu te demandes pourquoi, du seul fait d'être inscrits ainsi les uns à la suite des autres, ces noms arrivent à acquérir la vertu du courage et peut-être la force de pouvoir faire barrage à l'oubli. Après la liste sont venus les portraits, cinq ou six chaque jour et alors tout s'est vite grippé pour toi dans cette mécanique du souvenir, à vouloir à tout prix être un hymne à la vie les notices se ressemblent toutes, hagiographies banales et minuscules où plus rien ne semble authentique et tu t'énerves de cette seconde mort sous des mots insipides, des sous-titres insignifiants jetés comme des pelletées de terre sur la mémoire. Peut-être les vies anonymes sont-elles plus résistantes aux raccourcis, écris-tu pour trouver une excuse à cet amas de lieux communs que tu ne peux malgré tout t'empêcher de lire, peut-être faut-il aussi cesser de ne vouloir donner des morts que des images pieuses comme si toute ombre au tableau allait détruire l'ensemble. Toi, tu veux qu'on se souvienne aussi de tes colères, ta jalousie, pas juste du bon compagnon que tu as tenté d'être mais aussi de celui qui peut s'enfermer des semaines sans accepter de voir personne, celui qui pense avoir toujours raison et parfois celui qui s'en va. Tu n'as pas écrit grand-chose après ça, ce n'était plus la peine.

Assez pour aujourd'hui, assez de te suivre pas à pas où tu veux m'entraîner et où je risque trop souvent de me perdre, je ferme la chemise rouge et vais la remettre à sa place, comme s'il suffisait de pousser un tiroir pour que la mort s'efface et que tu cesses de m'accompagner. Il sera bien temps de trouver comment nous séparer et pour moi comment vivre avec juste l'idée de toi, ta présence ici ou là et ton absence un peu partout, nous verrons bien. Il est onze heures du soir et je n'ai pas dîné encore, tout autour le village endormi, toi aussi j'imagine tu devais veiller tard, les yeux ouverts et l'esprit aux aguets, seul au milieu des ombres.

LUNDI

Je me réveille tard, le bruit de la pluie a cessé. J'ai l'impression d'avoir beaucoup rêvé mais je suis incapable de me rappeler rien de précis, un peu comme un goût qui réapparaît dans la bouche sans qu'on n'arrive plus à savoir d'où il vient, un parfum dont on a oublié qui le portait il y a longtemps. Certains jours, je me force à chercher et je finis par retrouver des couleurs ou des sensations, reconnaître un visage, une voix, parfois je parviens même à me reglisser dans l'histoire et à la reprendre en route. C'est Antoine qui m'a montré, il dit que l'exercice est presque automatique dès qu'on est en psychanalyse et qu'alors on apprend très vite à n'abandonner aucun rêve sans avoir essayé d'en rattraper au moins une trace. Pas ce matin. Pas envie de savoir si je t'ai rencontré ou non cette nuit. Il vaut mieux préserver l'idée de ce sommeil obscur, ce sommeil où rien ne s'inscrit et dont je sors sans marques, juste avec l'impression de n'avoir pas souffert. Me lever maintenant. Je vais à la fenêtre pour ouvrir les volets, le ciel est gris, la terre encore mouillée et je reste un moment à contempler au loin la ligne sombre des sapins. Il fait doux aujourd'hui, il suffirait de quelques rayons de soleil pour se croire au début du printemps.

Toilette rapide. Après, dans ton armoire je choisis de quoi m'habiller. Depuis hier je porte tes affaires, ce qui est un moyen comme un autre de ne pas me sentir loin de toi, chemise blanche et chandail gris pour ce matin, de toute façon le choix n'est pas très large, les vêtements ne t'ont jamais beaucoup intéressé. Petit déjeuner dans la cuisine, yaourt au miel, quelques tartines et un bol de café, la confiture doit être au pamplemousse, pas d'étiquette, j'imagine que c'est toi qui l'as faite. Le temps d'aller chercher du bois et d'allumer le feu il est presque dix heures, je me décide enfin à appeler l'hôpital où l'on me dit de passer vers midi. Rien à faire d'ici là, plutôt que de tourner en rond je sors me promener un peu et remonte jusqu'aux sapins que je regardais tout à l'heure de la fenêtre de la chambre, j'aperçois la maison de là-haut qui paraît plate, presque fausse, peut-être ces derniers jours n'ont-ils été qu'une invention.

À midi pile je suis à l'hôpital, la légiste me reçoit presque aussitôt. Poignée de main, condoléances, c'est une femme un peu bourrue mais chaleureuse, elle me raconte qu'elle a croisé Vincent deux ou trois fois dans une galerie d'Avallon et qu'ils avaient sympathisé, que sa mort l'a touchée, mais vous savez, ajoute-t-elle, les morts qui passent entre nos mains finissent tous par nous émouvoir chacun à leur manière, simplement le trouble est plus immédiat quand nous les connaissons. Et pour ce qui est du suicide, il ne fait pas le moindre doute, laissez-moi le temps de joindre la gendarmerie et le bureau du procureur, dit-elle, vous devriez avoir le permis d'inhumer en fin d'après-midi ou demain matin au plus tard, ne vous inquiétez pas. Je ne m'inquiète pas, en tout cas pas pour ça. En me levant pour m'en aller, je la remercie de son accueil et de chercher à me faciliter les choses, alors elle se lève elle aussi. À la porte, elle me prend par le bras, venez, je ne suis pas sûre d'avoir le droit mais si vous le souhaitez je vous emmène voir le corps. Je n'ai pas répondu, hoché la tête simplement et je l'ai suivie à travers les couloirs, des portes qui s'ouvrent et se ferment puis soudain tu es là allongé devant moi, impassible, inerte.

Elle nous a laissés seuls, nous deux ensemble une autre fois mais tu n'en sauras jamais rien. Pourtant je me penche vers toi pour murmurer mon nom à ton oreille, c'est Jean, et te dire que je suis près de toi même si tu ne me vois pas, ne m'entends pas, te dire que depuis vendredi je vis dans ta maison, que je t'y cherche un peu partout et souvent je t'y trouve, il me faut juste un peu de temps pour me faire à ce que tu as voulu, c'est tout Vincent, rien d'autre. Après je me redresse, je pose ma main sur la tienne et je regarde ton visage, moi debout, immobile dans ce temps arrêté, alors je tire le drap pour te voir tout entier. Ton corps nu que ni la mort ni la rivière n'ont réussi à abîmer, ton corps couché sur les rochers ou sur le sable, celui qu'été après été j'ai vu vieillir mais maintenant tu n'as plus d'âge ou bien toujours le même. Ton corps bientôt au fond d'un trou, je ne veux pas imaginer et je garde les yeux ouverts pour graver cette image de toi sur une table de métal comme sur une plage au soleil. Quelques secondes encore avant que la légiste ne revienne et replace le drap, appelez-moi tout à l'heure, dit-elle en me raccompagnant. Les adieux étaient terminés.

En quittant l'hôpital, je prends par l'esplanade, je dépasse la statue de Vauban et continue jusqu'à la gare pour noter les horaires des trains. Je ressors. Juste en face, un café-tabac que je n'avais jamais remarqué, une courette sous les arbres, le bois d'une glycine qui court au-dessus de l'auvent. Chaises et tables sont encore en place mais tous les volets sont clos et la bâtisse abandonnée comme un vestige de jours ensoleillés, dommage. Retour à la place centrale, tous les magasins sont fermés le lundi et il est l'heure du déjeuner, il y a encore quelques passants pressés mais bientôt il n'y aura plus personne, j'aurai les rues entières pour moi tout seul. Cinquante minutes à perdre avant que n'ouvrent les pompes funèbres et je n'ai pas envie d'aller attendre dans un café. Je marche. Je prends vers la tour de l'horloge, sur la droite un passage étroit qui longe l'hôtel de police, des cours se succèdent et d'un coup je débouche sur la vallée, les remparts qu'il faut suivre un peu avant de remonter derrière la collégiale, cette église sévère faite de morceaux accolés qui est face à l'ancien tribunal, l'endroit où je finis toujours par aboutir, celui que je préfère sans doute, avec depuis quelques années sur le bord du terre-plein une énorme grenouille de pierre dont on ignore ce qu'elle fait là. Une princesse ensorcelée ou bien un bond malencontreux, avais-tu plaisanté la première fois où nous l'avons vue, nous n'avions pas tranché. Les souvenirs évidemment reviennent en force puisque c'est toi qui m'as servi de guide lorsque nous avons commencé à venir après la mort de ton oncle, tu aimais le charme désuet de cette ville même si tu n'y aurais vécu pour rien au monde, un modèle de demi-mesure, disais-tu, ni l'agitation ni le calme, ni le silence ni le bruit, la solution facile pour les moins audacieux que tu remerciais quand même de garder ces ruelles intactes afin que tu puisses y flâner. Voilà, il est l'heure maintenant d'aller voir la maison Boidin que Madame Étienne m'a conseillée, ce sont les plus sérieux, vous verrez, sur la droite un peu après le cimetière. Je retraverse la ville, dix minutes à peine et j'y suis.

Mme Boidin me reçoit dans un petit bureau, habillée de clair, efficace et sans la moindre propension à l'attendrissement. Elle fait son métier et moi je n'ai qu'à être triste, chacun de nous deux dans son rôle ce qui finalement rend l'exercice moins difficile que ce que je craignais. J'explique la situation, le suicide, l'absence de famille, je dis que ses amis et moi voudrions des funérailles simples, rien à l'église ni aucun signe religieux, que presque tout le monde arrivera de Paris et que certains sûrement souhaiteront prononcer quelques mots au cimetière devant la tombe, que nous aimerions aussi des fleurs de couleurs vives, un maître de cérémonies le moins bavard possible, que tout soit réglé vite et qu'il y ait du soleil. J'ai réussi à la surprendre et elle sourit en répondant que, pour le temps, elle ne peut pas grand-chose mais qu'elle se charge de tout le reste, faire transporter le corps jusqu'à la maison funéraire à la fin de l'après-midi, récupérer le permis d'inhumer et s'entendre avec la mairie du village. Moi je n'ai qu'à choisir le cercueil à côté dans la salle d'exposition, le bois, le capiton, la couleur de la soie, la forme des poignées, j'ai l'impression d'acheter un canapé, je pourrais presque en rire. Nous retournons dans le bureau pour signer les papiers et le chèque, il est possible qu'elle ait besoin encore de un ou deux documents mais ce n'est pas urgent, dit-elle, en revanche il faudrait vite penser aux vêtements. Le mieux serait que vous les apportiez avant ce soir et ensuite, si tout va bien, les obsèques pourraient avoir lieu dès jeudi, je devrais vous le confirmer tout à l'heure quand vous repasserez déposer les affaires de M. Marquet. Voilà, tout est réglé je crois, conclut-elle en me tendant la main et j'acquiesce d'un geste, il ne servirait pas à grand-chose d'essayer de la contredire.

Je suis dans la rue à nouveau, je marche et je commence seulement à comprendre le sens de ce que cette femme vient de me dire, que dans trois jours tu es sous terre, tu disparais. Jusqu'ici la suite était floue ou c'était moi plutôt qui préférais qu'elle soit ainsi, prétendre que l'éternité reste à portée de main mais je ne peux plus soudain empêcher que la mort se précise ni ton exclusion programmée du monde des vivants. Pourquoi est-ce la date de ton enterrement qui vient tout bousculer en moi et non pas la vision de ton corps transformé en objet sur une table de métal, je ne sais pas. Peut-être la barrière du temps me semble-t-elle plus réelle, plus définitive et sans retour possible, quand les images se révèlent souvent malléables, dociles surtout puisqu'en général elles reviennent dès qu'on les sollicite ou au contraire s'effacent lorsqu'on va vers l'oubli. Si tout va bien, comme l'a dit Mme Boidin, si tout va bien à partir de jeudi il n'y aura plus de chair même morte que je pourrai toucher du doigt, plus de cadavre à habiller et sur lequel encore poser les yeux, à partir de jeudi tu n'auras plus voix au chapitre, tu seras devenu une idée, Vincent, une chimère, un simple souvenir que chacun aura tout loisir de gommer ou de faire ressurgir à sa guise, à partir de jeudi tu seras dans un trou coincé sous une pierre et ta seule existence sera dans nos esprits, dans les pensées que nous pourrons choisir d'avoir ou pas, tout dépendra de notre bon vouloir. C'est aussi cela qui m'effraie, la responsabilité absolue désormais de l'aventure que nous avons menée ensemble, de ta présence à mes côtés qui risque de se diluer lentement, ce pouvoir de vie et de mort que tu m'as accordé. Ces jours-ci, vois-tu, c'est plutôt la mort qui l'emporte.

J'ai été jusqu'à la voiture et je suis retourné chez toi. Madame Étienne est là dans la cuisine, elle est passée faire un peu de ménage et m'apporter des provisions. Je lui raconte mes visites, la remercie de ses conseils pour l'entreprise funéraire, puis nous montons jusqu'à ta chambre et ouvrons ton armoire. Les vêtements sont devant moi parmi lesquels je n'ai eu aucun mal à piocher ce matin mais qui soudain me paralysent, je ne sais pas quoi prendre, je ne me souviens plus de ceux qui t'allaient bien, de ceux que tu aimais le mieux et je reste là immobile, muet, jusqu'à ce que Madame Étienne ne vienne enfin à la rescousse et me fasse asseoir sur le lit. Calmez-vous, Jean, calmez-vous, ce ne sont que des bouts de tissu. Finalement c'est elle qui décide ce que tu porteras, un costume de toile et dessous la chemise de lin ramenée cet été de Grèce, le tout bien plié dans un sac au fond duquel elle a déjà mis des chaussures, des chaussettes, un slip aussi au cas où me dit-elle, et tous les deux nous éclatons de rire, ni l'un ni l'autre ne savons si l'on enterre les morts avec ou sans sous-vêtements.

La tension est tombée d'un coup, nous nous quittons devant la porte et je repars vers Avallon par les petites routes, au fond je ne suis pas pressé. Mme Boidin m'attend dans son bureau, elle prend le sac et vérifie son contenu, parfait dit-elle. De son côté aussi elle a bien travaillé, elle a récupéré toutes les autorisations et les documents nécessaires afin que la cérémonie ait lieu comme prévu ce jeudi à quinze heures, et par ailleurs ceux qui le souhaitent pourront se recueillir devant le corps qui sera exposé la veille dans une chambre funéraire juste à côté d'ici. Un silence presque imperceptible et puis elle me suggère jeudi de fixer rendez-vous non pas directement devant le cimetière mais à la mairie du village d'où partirait le cortège, le trajet n'est pas long, vous verrez, un kilomètre plus ou moins, c'était la tradition il n'y a pas si longtemps encore, une sorte d'introduction à la fois amicale et un peu solennelle à la mise en terre, on marche du même pas, les gens se parlent, c'est une solution qui pourait peut-être vous plaire, ajoute-t-elle en souriant. Je souris moi aussi, visiblement Mme Boidin a mieux jugé de la situation que je ne le croyais, l'idée est adoptée et je m'en vais presque content.

Fin de l'après-midi, assis sur un muret dans le haut du jardin j'appelle Antoine qui là-bas sort de cours. L'essentiel tient en peu de mots, très vite tout est dit et après il suffit d'accepter de se fondre chacun dans le son de nos voix, de nous laisser dériver tous les deux juste pour nous entendre, reconnaître de loin le ton des bons ou mauvais jours, imaginer l'autre là-bas, attentif ou distrait, impatient, ennuyé sûrement quelquefois mais l'ennui fait partie du jeu et lorsque nous sentons s'approcher le silence, nous retenir encore un peu par des phrases sans importance, ce soir lui parle de la neige dont il est déjà fatigué et moi du lion de pierre à barbiche aperçu tout à l'heure sur le bord de la route qui ressemble à un mousquetaire, petits éclats de nos vies séparées que nous regardons à distance et puis il faut bien raccrocher. Je t'embrasse, mon beau, ici la nuit ne va plus trop tarder, je t'embrasse, à demain.

Il fait froid tout à coup et je rentre en courant, bientôt il sera l'heure d'aller chercher Irène. Je me réchauffe devant le feu, j'essaie de lire sans grand succès, je vais à la cuisine manger un bout de chocolat mais rien n'y fait, je ne peux m'empêcher de penser à ceux qui seront là demain, après-demain, tous ces amis proches ou lointains qu'il faudra accueillir, embrasser et qui me distrairont de toi. Pas le choix camarade, je vais devoir m'habituer à ne plus être seul avec toi. Rien d'insurmontable bien sûr, bavarder, partager désormais avec d'autres des souvenirs, des anecdotes, ces simulacres de conversations qu'on tient devant un mort tout neuf pour prouver son chagrin et surtout s'assurer soi-même que l'on est bien vivant, mais dans ce brouhaha j'ai peur de m'égarer, perdre le fil et que tu disparaisses pour de bon lorsque je me retournerai sans que je trouve à nouveau le courage de revenir vers toi.

Aucun risque heureusement ce soir avec Irène, elle est des nôtres depuis le tout début, à peine dix-sept ans quand nous nous sommes rencontrés. Elle était déjà la plus jeune et la plus véhémente. Irène est devenue l'un des cinq ou six piliers de la bande dite des comités Chili puisque c'est là que se sont nouées des amitiés jamais démenties par la suite. Plus de quarante ans maintenant, et malgré Pinochet et quelques autres lunettés de noir, l'époque était à l'enthousiasme, nous étions sûrs ou presque d'arriver à changer le monde et surtout que le monde pouvait changer, innocence coupable sans doute si l'on juge avec le recul mais aujourd'hui je suis certain que c'est bien de cette innocence que nos liens ont tiré leur force. Une forme d'intégrité qu'il n'était pas simple de prendre en défaut, d'ailleurs je crois qu'aucun de nous n'y a renoncé tout à fait et toi Vincent moins que les autres, sinon tu ne te serais pas levé un beau matin pour aller te noyer au fond d'une rivière. Nous avons réussi pour la plupart à nous rester fidèles ou à peu près, pourtant avec le temps nous avons lentement lâché prise, nous avons laissé s'émousser notre esprit de révolte et Irène est une des seules à ne pas s'être résignée, à conserver assez d'espoir pour continuer le combat jour après jour sans désarmer, pour aussi quelquefois nous rappeler à l'ordre quand nous nous écartons trop de la ligne qu'elle a tracée entre ce qui nous réunit et ce qui nous sépare. Notre conscience à tous, disais-tu en riant, et en effet c'était bien là son rôle parce que ce groupe formé autour de toi et que ta fougue suffisait à conduire vers des destinations insoupçonnées, ce groupe n'aurait pas survécu sans la rigueur d'Irène et son obstination. Alors, dis-moi, comment va-t-elle pouvoir continuer quand ta mort crie que rien ne vaut la peine, dis-moi comment va-t-elle faire pour que ses châteaux de cartes restent debout quand toi tu nous obliges à creuser un trou dans la terre pour te jeter dedans. Tu ne dis rien, bien sûr, plus jamais rien et nous devrons chacun trouver des réponses sans toi, nous finirons tous par le faire, Irène comme les autres, mais je crains qu'elle ne t'épargne pas. Pour ce soir en tout cas, il faudrait au moins essayer d'éviter les pleurs.

Je suis en retard à la gare, toujours ces cinq minutes que je laisse échapper sans m'en apercevoir et que je n'arrive plus ensuite à rattraper. Irène attend assise sur un banc juste en dessous d'un réverbère, on croirait un tableau de cet Américain qui peint si bien la solitude. Longue étreinte silencieuse, puis l'émotion s'apaise, les mots reviennent, les questions pour savoir si chacun tient le coup, des nouvelles d'Antoine et de Pierre, lui viendra jeudi matin. Nous décidons d'aller dîner à son hôtel en bas de Vézelay, il n'y a pas grand monde, les gens nous dévisagent lorsque nous entrons dans la salle, coup d'œil rapide avant de retourner à leur conversation, quand nous nous asseyons encore quelques regards furtifs pour décider si nous formons un couple bien assorti ou non, nous connaissons le jeu, quelquefois nous en rajoutons dans un sens ou dans l'autre, pas ce soir. Rien ne nous tente, nous prenons le menu tous les deux, entrée plat et dessert du jour, pour le vin je préfère malgré tout continuer sur ma lancée des derniers soirs, je propose un pommard et Irène me regarde étonnée, habituée plutôt à ce que je choisisse les bouteilles les moins chères de la carte, mais va pour le pommard, nous n'en sommes plus à ça près.

Le service est rapide, pendant que nous mangeons je finis le récit de la journée que j'avais commencé tout à l'heure dans la voiture et qu'elle écoute sans m'interrompre. Tout paraît à peu près cadré, dit-elle lorsque j'ai terminé, il faut demander à l'hôtel s'ils veulent bien réserver deux ou trois chambres pour ceux qui risquent d'arriver mercredi et discuter demain avec Madame Étienne de ce qu'elle pourrait préparer pour qu'il y ait autre chose à manger que des biscuits apéritifs quand nous nous retrouverons chez Vincent après l'enterrement, nous prendrons les boissons quand nous irons à Avallon. Penser à envoyer à tout le monde un message avec l'horaire des trains, l'itinéraire par la route et puis bien sûr le lieu, la date et l'heure du rendez-vous, nous devrions aussi voir tous les deux qui n'a pas encore été prévenu et chacun sort son téléphone pour faire défiler les contacts, j'espère, Vincent, que tu ne nous regardes pas. La liste est faite, les appareils remisés dans les poches et aussitôt surgissent de nouvelles questions à propos du cortège, des fleurs ou des discours, à propos des journaux où il faut faire passer une annonce, tout est bon pour remplir l'espace et surtout ne laisser aucun interstice où pourrait s'infiltrer la douleur. Alors pendant presque tout le dîner nous parlons funérailles comme nous aurions pu parler baptême ou mariage, pas un mot de ce qui s'est passé et Irène égrène imperturbablement les détails qu'il nous reste à régler tandis que j'acquiesce en silence. Et puis sans prévenir, elle change de sujet pour soudain revenir au centre du malheur.

– Et tu es sûr que ce n'est pas un accident, que c'est bien un suicide ?

Je devais m'y attendre, Irène procède souvent ainsi par saccades, l'important est de suivre le rythme et je réponds sans hésiter que je n'ai aucun doute, que Vincent s'est tué.

– Vous en aviez parlé ensemble ?

– Jamais, et l'idée ne m'est jamais venue non plus qu'il pouvait avoir ça dans la tête. Demain je te montrerai les carnets que j'ai trouvés dans son tiroir, le dernier est récent puisqu'il se termine en novembre et tu verras, il n'y a pas la moindre trace que Vincent ait pensé se tuer, rien vraiment, mais bizarrement pourtant, en le lisant je me suis dit très vite que tout était déjà décidé cet été, avant la Grèce probablement. Peut-être à sa manière d'écrire sans essayer de rien prouver, peut-être à la sérénité qui est partout dans ses dessins, je ne sais pas, comme s'il avait définitivement résolu le noyau dur de son angoisse, levé les doutes. Possible aussi que ce ne soit qu'invention de ma part, pure interprétation, mais vu les circonstances on a du mal à s'empêcher d'essayer de trouver du sens partout.

– Et à ce petit jeu nous allons tous devenir fous. Moi, je me suis rappelé ce matin qu'il m'avait demandé les coordonnées d'un notaire en septembre, sur le moment je n'ai pensé qu'à des affaires immobilières puisqu'il déménageait et j'ai donné l'adresse sans poser de questions, mais aujourd'hui, comme tu dis, on interprète. Si tu savais à quel point je m'en veux d'être autant passée à côté ces derniers mois. Il m'a appelée chaque fois qu'il était à Paris et nous nous sommes vus pendant des heures en tête à tête, mais rien, je n'ai pas eu le moindre petit soupçon de sa détresse et je l'ai laissé repartir sans m'être aperçue de rien. Comme une sorte d'aveuglement, mais j'imagine que toi aussi.

– Moi aussi, pour ce qui est de l'aveuglement ne t'inquiète pas, tu n'es pas seule. Mais tu vois, j'ai beaucoup réfléchi au cours de ces deux jours ici, beaucoup tourné dans sa maison, et j'ai fini par me convaincre que si aucun de nous n'a deviné quoi que ce soit ces derniers mois, c'est peut-être tout simplement qu'il n'y avait rien qu'il voulait qu'on devine, rien dont il voulait parler. Ne souris pas, ce n'est pas juste de la méthode Coué pour éviter de culpabiliser, non, plutôt l'idée qu'à soixante ans passés Vincent était capable de juger tout seul de ce qu'il voulait ou non partager avec nous. Le secret fait aussi partie de nos vies, on a un peu tendance à l'oublier en ces temps d'exhibition permanente. Souviens-toi du temps que j'ai mis à vous dire que j'aimais les hommes, et n'essaie pas de me faire croire que tu n'as jamais eu aucun secret pour nous.

– Non, bien sûr, mais ni mes secrets ni les tiens n'étaient des questions de vie ou de mort. Vincent, lui, voulait mourir et nous ne nous en sommes même pas aperçus.

– Ce qui n'est pas si étonnant, tu vois, parce que franchement, quand il est venu en décembre, avait-il l'air mal en point ? Avait-il l'air d'un homme au fond du désespoir ? Est-ce que ce n'est pas nous plutôt qui après coup tenons à l'y plonger pour compenser celui qu'il nous force à ressentir aujourd'hui ?

– J'avoue que j'ai un peu de mal avec l'idée que les gens heureux se suicident.

– Ce n'est pas ce que j'ai dit. Je ne parle que de Vincent, pas du suicide en général, et je n'ai jamais prétendu savoir s'il était malheureux ou pas. Mais je conçois qu'un jour, sans être forcément dans un désarroi absolu, on puisse regarder sa vie et penser que la suite n'y apportera rien qui justifie qu'on continue. Ce peut être n'importe quoi, la solitude, la perte du désir ou du talent, de la beauté aussi, le corps qui se fripe ou bien l'ennui, tout simplement, le choix est large des raisons pour lesquelles on peut être tenté de s'arrêter et aucune très réjouissante, là-dessus nous sommes d'accord. Alors oui, Vincent était probablement très malheureux, mais d'un malheur presque essentiel dont nous n'avons pas l'habitude et qui ne laisse pas de trace, un malheur qui n'était qu'à lui parce que, sans doute, il s'agissait de sa place parmi les hommes, celle qu'il serait bientôt forcé de prendre et qu'il n'avait pas envie d'occuper.

– Mais pourquoi refuser d'en parler, lui qui voulait toujours qu'on discute de tout ? Pourquoi ne pas nous avoir fait confiance et s'être tu pendant des mois ? Non Jean, ton histoire de choix apaisé ne tient pas, et même si elle était vraie elle n'excuse en rien le silence. C'est ce silence qui ne va pas, tu vois, cette forme de désaveu de tout ce que nous avons fait ensemble et qu'il se soit caché de nous, comme si ni toi ni moi ne pouvions rien comprendre, tout ça ne passe pas.

– Ça passera. Et est-ce qu'il n'a pas eu d'ailleurs raison de croire que nous ne comprendrions pas ? Quels arguments aurions-nous eus pour essayer de le convaincre ? Que la vie est jolie, les hommes bons et généreux, qu'on ne peut jamais présager de la suite ou simplement qu'il ne faut pas nous faire de peine ?

– Tu caricatures.

– Non, je crois qu'il n'y a aucun moyen d'expliquer que la vie vaut d'être vécue à quelqu'un qui après réflexion a décidé que non. Ce doit être possible avec ceux dont la souffrance est ponctuelle, accidentelle diraient les philosophes, mais pour ceux dont elle est devenue un élément presque constitutif, les mots ne servent plus à rien. Alors Vincent s'est tu, et même si j'ai encore contre lui des bouffées d'amertume, parfois le sentiment d'avoir été trahi, je commence à lui être reconnaissant de ne pas nous avoir mêlés à un choix dans lequel nous n'avions rien à faire.

– On ne se mêle donc plus de rien, chacun chez soi et tout reste dans l'ordre.

– Là, c'est toi qui caricatures. On se mêle de tout ce qu'on peut au contraire, on revendique l'ingérence pour ne plus assister aux naufrages en simples spectateurs, mais tu sais comme moi qu'on ne réussit pas à tous les coups, alors il faut aussi quelquefois se résoudre à ne compter pour rien, accepter d'être absent, comme nous l'avons été tous deux de la décision de Vincent.

– Et comment choisis-tu d'intervenir ou pas ?

– Je n'en sais rien, il me manque heureusement encore quelques réponses. Il y en a quand même une que j'ai trouvée depuis que je suis là et qui peut-être t'aidera, puisque tu parlais tout à l'heure de désaveu. En fait, j'ai fini par comprendre que le suicide de Vincent n'est la marque d'aucun reniement, pas un trait sur la vie passée mais sur une vie à venir qui simplement ne le concernait plus.

Irène m'a souri. Allons dormir maintenant. Dehors il faisait doux, quelques nuages venaient parfois cacher la lune. En arrivant, j'ai fermé la maison et je suis monté me coucher dans la chambre.

MARDI

Quand je suis passé la prendre à l'hôtel en fin de matinée, Irène avait pratiquement tout fait de ce que nous avions décidé la veille, messages, coups de fil, l'annonce dans *Le Monde* qui sortira demain et précise qu'une réunion amicale aurait lieu plus tard à Paris, je suis d'accord avec tout. En fait, elle craint qu'il y ait peu de monde aux obsèques, les trains sont lents et peu pratiques, le trajet long et nous avons prévenu tard, deux jours avant à peine, pas vraiment les meilleures conditions pour que beaucoup puissent se libérer et faire le déplacement, certains ont d'ailleurs déjà répondu qu'ils ne seraient pas là et jeudi le cortège risque fort d'être assez clairsemé. Tu sais que, dans certains pays, le prestige d'un mort s'évalue au nombre et à la taille des messages de condoléances que l'on publie dans les journaux, raconte-t-elle, ici ce serait davantage à l'importance de l'assistance le jour des funérailles et j'ai peur qu'à cette aune l'image de Vincent perde de son éclat, mais tant pis, nous aurons fait ce que nous aurons pu et lui n'est plus tout à fait en mesure de s'en préoccuper. C'est drôle de voir à quel point le poids des conventions ressurgit vite dans les parages de la mort, de voir qu'on se soucie tout à coup de détails ou de règles dont on pensait pourtant bien se moquer et me voilà comme une idiote à m'inquiéter de l'affluence derrière le corbillard, à croire que s'il y a foule nous serions tous moins malheureux et Vincent le premier. Pures foutaises évidemment, il n'y a que dans les rêves où on assiste à son propre enterrement qu'on juge de l'amour des autres à leur présence. Vincent ne juge plus de rien et nous savons chacun à quoi nous en tenir sur l'amour que nous lui portions, mais on ne sait jamais, tu comprends, le mystère reste entier de l'autre côté du miroir. J'aimerais quand même mieux qu'il y ait un peu de monde jeudi.

Irène est de bonne humeur ce matin, autant que nous pouvons l'être elle et moi, elle dit que sa chambre est d'un calme parfait et que notre conversation d'hier l'a bizarrement apaisée sans pour autant la faire changer d'avis, mais ce n'est déjà pas si mal. Elle dit aussi qu'elle préférerait ne pas devoir se plonger tout de suite dans les affaires de Vincent, qu'elle ferait volontiers un tour avant d'aller chez lui et nous partons tous deux, bras dessus bras dessous, jusqu'à la basilique. La rue centrale est presque vide, pas de touristes, la plupart des boutiques fermées, les vitrines éteintes, toute la ferblanterie mystique disparaît dans la pénombre, ce qui n'est pas plus mal. Arrivés là-haut sur la place, l'église nous semble plus austère que dans nos souvenirs, l'effet du ciel si gris sans doute, et nous entrons sans faire de bruit. Au-dessus du portail central, le christ au visage impassible, au corps plié dans sa tunique dont les plis tourbillonnent et qui offre sa paume ouverte à tous les voyageurs, puis les murs simplement décorés de grandes croix de bois. Personne, nous sommes seuls. Tous les deux immobiles dans la semi-obscurité. Comment des hommes ont-ils un jour réussi à imaginer une paix aussi nue et profonde, sans tristesse et sans repentir ? Il faudrait croire probablement pour trouver la réponse, je ne saurai jamais. Nous avançons le long de la travée centrale, descendons dans la crypte où la lumière soudain nous éblouit. Curieusement, tout le fond de la salle est couvert de tapis colorés et Irène sourit, nous pourrions aussi bien être en Orient, murmure-t-elle avant de remonter vers la nef où d'autres visiteurs sont entrés, silencieux. Un tour encore derrière l'autel, allumer un cierge au cas où et nous sortons sur le côté par la petite porte. Le soleil perce presque à travers les nuages.

Après les ruines de l'ancien réfectoire, nous marchons jusqu'à la terrasse d'où l'on peut voir tout le Morvan lorsque le temps est clair. Pas ce matin où dès le bas de la colline, le paysage se dissout dans la brume. Allons-y maintenant, dit Irène, je suis prête.

D'abord, nous passons voir Madame Étienne pour organiser avec elle la réunion d'après enterrement. Elle y a déjà réfléchi, nous dit-elle, quelques tartes salées, un peu de charcuterie que vous pourrez acheter demain à Avallon et, bien sûr, le gâteau aux amandes de Vincent, cela devrait suffire. Je doute que personne ait très faim en plein après-midi, alors ne vous en faites pas, la préparation ira vite et, jeudi dans la matinée, vous m'aiderez à tout mettre en place, il y a largement assez d'assiettes et de couverts, pensez seulement aux verres et aux boissons, tout ira bien. Vous savez, ce n'est pas vraiment un repas comme il y a parfois après des funérailles, il s'agit juste d'être un moment ensemble, ce qu'il y a ou non à manger n'a pas grande importance. Ce ne sera pas bien long de toute façon, en général les gens ne restent pas longtemps, ceux du village ne feront que passer prendre un verre, je les connais, ceux qui sont en voiture préféreront ne pas rouler la nuit et ceux qui auront pris le train devront aussi repartir tôt puisque le dernier passe vers dix-sept heures. Très vite il n'y aura plus que les très proches, alors ne vous inquiétez pas, tout ira bien, répète-t-elle sur le pas de la porte, vous êtes tous les deux déjà bien assez tristes et moi aussi d'ailleurs.

Nous voilà devant chez Vincent et Irène entre la première, cela fait plus d'un an qu'elle n'est pas revenue. Au début, elle hésite à trop bouger, trop regarder, elle avance avec précaution puis peu à peu reprend ses marques. C'est plus facile qu'elle ne s'y attendait et elle part faire le tour des lieux en me laissant à la cuisine m'occuper de notre déjeuner. Je l'entends qui marche là-haut, pousse les portes et se penche aux fenêtres, se promène un moment comme en un terrain reconnu avant de me rejoindre rassurée, pas de grand changement, constate-t-elle, le lit tourné face au jardin dans sa chambre comme il en parlait depuis longtemps et les objets bien sûr, tout ce que nous avions l'habitude de voir à Paris et qu'il est un peu surprenant de retrouver ici mais on s'y fait presque aussitôt, la maison est la même.

Nous déjeunons rapidement et allons nous asseoir au salon devant le feu. Irène est indécise, mieux vaudrait commencer par les formalités, appeler le notaire par exemple et avertir de la mort de Vincent tous ceux qui administrativement doivent l'être, les impôts, la banque, la caisse de retraite et sans doute encore quelques autres, nous pourrions préparer les courriers auxquels il n'y aurait plus qu'à ajouter une copie de l'acte de décès, ce serait toujours ça dont nous serions débarrassés. Mieux vaudrait, dit-elle sans conviction, elle n'en a pas la moindre envie et puisqu'elle a décidé de rester quelques jours après l'enterrement pour trier les affaires de Vincent, elle remet à plus tard toute cette paperasse, aujourd'hui elle n'a pas le courage. Lire plutôt les carnets dont je lui ai parlé, fouiller un peu partout dans les papiers pour essayer quand même de trouver quelque chose qui m'aurait échappé, un signe qu'il aurait laissé, une trace qu'elle pourrait suivre et tant pis s'il faut se résoudre à ne pas tout comprendre, au moins arriver à savoir quand il a lâché prise, quand il a basculé et dérouler le fil pour s'assurer qu'aucun n'a trahi l'autre.

– J'ai déjà cherché, Irène, tu sais bien, et je suis presque sûr que tu ne trouveras rien, qu'il n'y a rien à trouver.

– Peut-être n'as-tu pas cherché assez ou pas au bon endroit. C'est toi-même qui m'as parlé de petits cailloux blancs que Vincent aurait semés ici ou là.

– Pour dire qu'il pensait à nous mais pas pour expliquer quoi que ce soit. Tu oublies qu'il a laissé des lettres, Irène, un plan pour les gendarmes et un mot pour Madame Étienne posés bien en vue dans le salon. S'il avait voulu nous dire quelque chose, il y aurait eu aussi une enveloppe pour nous.

– Je n'oublie pas et ce ne sont pas de grandes explications que je veux, j'ai bien compris que je n'en aurai pas. Je veux juste de quoi pouvoir retracer dans ma tête le chemin qu'il a pris et voir ce qui n'a pas marché, ce qui a manqué pour qu'il en prenne un autre.

– Et ça changera quoi ?

– Rien pour lui en tout cas, c'est sûr. Pour moi si, probablement. En fait, je voudrais pouvoir me convaincre que rien ne pouvait plus changer sa décision et cesser de lui en vouloir. Parce que je lui en veux vraiment, tu sais, il a beau être mort, moi je suis en colère et je voudrais trouver de quoi faire que nous soyons quittes, n'avoir à me soucier que du chagrin.

– Alors regarde si c'est pour t'éviter les regrets, les papiers sont tous dans les tiroirs de son bureau, je n'en ai vu nulle part ailleurs. Il y a aussi une série de dossiers en bas de la bibliothèque, tout est très bien rangé, tu verras, le fameux ordre de Vincent et d'ailleurs c'est bien ça qui m'incite à penser que tu ne trouveras rien de plus que moi.

– Rappelle-toi la nouvelle de Poe, l'histoire de la lettre volée que personne ne pense à chercher sur le bureau où elle est pourtant bien en évidence. Peut-être y a-t-il quelque part un indice que tu as raté, un mot que je vais lire différemment de toi, parce que j'ai beau tourner l'histoire dans tous les sens, je n'arrive pas à croire au silence absolu.

– Peut-être, je ne sais pas.

Pendant qu'Irène va s'installer dans le bureau et commence à ouvrir les tiroirs, j'enfile un des manteaux accrochés dans l'entrée et je monte en haut du jardin pour trouver du réseau, il est l'heure d'appeler Montréal. Antoine décroche presque aussitôt, il demande comment les choses s'organisent, si tout se passe bien avec Irène et je lui raconte notre dîner d'hier, nos discussions. Lui aussi, me dit-il, comme elle il chercherait des éléments pour essayer de reconstituer la trame d'une histoire, mais je n'ai pas envie de recommencer ce débat. À mon tour de l'interroger et alors j'entends dans sa voix qu'il se retient de sembler trop heureux quand il me parle de ses cours, du jeu des questions et réponses dont les règles varient selon les auditoires, il dit qu'il découvre là-bas des gens plus impliqués, des étudiants qui le bousculent, c'est ce que l'enseignement a justement de salutaire, cette confrontation inattendue à des zones d'incertitude qui nous obligent à penser autrement, à apprendre qu'on ne peut tout savoir. Pas tout comprendre, répète-t-il, et je ne peux m'empêcher de me dire que c'est bien ça dont il s'agit ici, accepter qu'une mort s'insinue dans la vie et déborde des cadres où l'on a jusqu'ici réussi à faire tenir toutes les précédentes. Cette mort-là offre en miroir des reflets qu'on ne reconnaît pas d'emblée, des images de soi ou des autres avec lesquelles il va bien falloir composer. Je continue d'écouter en silence, je sais que la distance amortit tout et que, vue de là-bas, même la mort paraît forcément moins tranchante. La vie prend toujours le dessus semble glisser Vincent à mon oreille et Antoine est trop loin pour que je le ramène à cet enterrement qui m'a saisi, absorbé tout entier, trop loin pour rien pouvoir juger de mes hésitations et sa mémoire encore trop fidèle au passé pour qu'il puisse imaginer ici un paysage plus fragile où se serait glissée une forme de lassitude ou de détachement. Plus tard je lui expliquerai, mais là, maintenant, je me contente de l'écouter, je me laisse bercer par sa voix puis, à la fin, les mêmes mots qui reviennent toujours, je t'aime, je t'embrasse, moi aussi mon beau, à demain.

En descendant, je vois Irène par la fenêtre toujours plongée dans les papiers, autant ne pas la déranger et sortir faire un tour. Au début, je pense avancer au hasard, sans but comme j'aime m'en persuader souvent, mais l'illusion ne dure pas et très vite je devine où je vais, vers les champs en bas des collines, la route qu'il faut traverser, puis d'autres champs où l'on mettra les vaches au début du printemps et les berges enfin, la rivière. Je pensais qu'elle était plus proche, tu vois, que tu n'avais pas eu à faire un aussi long chemin vendredi quand tu t'es réveillé avant l'aube pour partir te noyer. D'ailleurs tu as dû même aller un peu plus loin, je n'ai pas encore osé demander l'endroit exact où on t'a retrouvé mais ici l'eau n'est pas assez profonde. Je peux t'apercevoir là-bas qui marches dans le petit matin, sans doute as-tu aimé justement pouvoir prendre le temps, pour bien sentir la force de ta résolution, l'éprouver à chacun de tes pas et tu n'as plus de craintes, ton courage ne faiblira plus. Alors la marche devient douce et tu t'arrêtes ici ou là pour regarder un arbre ou une coulée dans les haies, tu t'assieds un moment sur un mur de pierres sèches lorsque le jour se lève. La vie est tout autour de toi que tu aspires à pleins poumons.

Pas de regrets ou bien si minuscules, tu as été au bout, et dans ce que tu crois deviner de la suite, plus rien vraiment ne te concerne, avec les autres tous les mots ont été prononcés depuis longtemps, il n'y a rien à ajouter qu'ils ne sachent déjà. Avant de reprendre ta marche, peut-être te rappelles-tu l'histoire que tu m'as racontée un jour de Faulkner cessant soudain d'écrire parce qu'il n'avait plus rien à dire, un des seuls qui ait eu cette lucidité, ajoutais-tu avec admiration, et moi je t'imagine ainsi, te sentant tout à coup devenu sec, le flux tari. Il ne reste rien à vivre qui pour toi ait un sens alors mieux vaut ne pas faire s'étirer l'histoire et mettre un point final. Pas de sursis et pas non plus de désespoir, inutile de ranimer les passions qui s'éteignent ni d'essayer de vivre sans passion, je te vois si tranquille maintenant, envahi de ce calme parfait et tu longes la rive jusqu'à cet arbre autour duquel tu enroules la corde. À présent, tu t'avances dans l'eau, tu n'as plus peur de rien. C'est cette image que je veux retenir. Qu'elle soit vraie ou fausse n'a aucune importance au fond, de toute façon nous ne ferons jamais que des suppositions, alors autant garder de toi la paix et la volonté mélangées, le reste ne servirait qu'à finir de nous séparer. Tu vois combien je me suis assagi en quelques jours, presque prêt désormais à la consolation et je suis là, au bord de la rivière où tu as sombré corps et biens, où je trempe ma main pour que le froid la glace et que je puisse alors prétendre presque pouvoir sentir la tienne, puis rien.

Lorsque je suis rentré, Irène était dans la cuisine et préparait du thé. Mme Boidin avait appelé et elles avaient convenu que nous passerions demain avant midi pour régler les derniers détails de la cérémonie, pour voir le corps aussi, dit Irène plus bas. Elle n'est pas certaine d'avoir vraiment envie d'aller regarder Vincent mort comme on va observer un objet insolite, une curiosité, elle décidera plus tard. Il y a eu quelques appels pendant ma promenade, visiblement la plupart de ceux qui seront là jeudi viendront le jour même en voiture, il n'y a que Nathan et Sonia qui arriveront la veille et qu'il faudra aller prendre à la gare. Pendant qu'elle parle, Irène se met à ouvrir les placards et finit par trouver les biscuits de Madame Étienne rangés dans une boîte en fer, ceux qui selon Vincent avaient un goût d'enfance et elle en pose quelques-uns dans une assiette sur le plateau. Tout est prêt maintenant, dit-elle, allons dans le salon, nous serons mieux. Assis dans les fauteuils près de la cheminée, là où nous nous sommes plongés si souvent dans des conversations sans fin et c'est moi qui commence aujourd'hui.

– Antoine m'a dit de t'embrasser.

– Il va bien ?

– Il a l'air. Les Canadiens lui plaisent, leur côté direct, il n'a pas l'habitude et je crois que ça l'amuse. Après mon coup de fil, j'ai pensé que j'allais t'ennuyer si je restais dans la maison, alors je suis parti me promener. J'ai été jusqu'à la rivière, pas tout à fait un pèlerinage puisque je ne sais pas exactement où Vincent s'est noyé, plutôt un petit tour que j'ai fait sur ses traces sans savoir si c'étaient les bonnes. Toi, tu as trouvé quelque chose ?

– Rien encore. Il y a bien ces discours sur les écrans, mais il les a tenus pendant quinze ans et je ne vois pas très bien pourquoi la situation tout à coup serait devenue intenable alors que justement les faits commencent à lui donner raison. Il y a forcément autre chose, un déclic qui l'a fait basculer sans qu'il arrive à rien nous dire, je trouverai.

– Pourquoi ne le laisses-tu pas en paix, et toi aussi par la même occasion ?

– Parce que je ne peux pas être en paix si je ne comprends pas. Ça, au moins, ça n'a pas changé. D'ailleurs je me demande comment toi tu arrives à rester aussi calme.

– Je suis triste surtout. Mais c'est vrai que je vois de plus en plus mal ce qu'il y a à comprendre dans cette mort puisque lui seul aurait pu nous le dire et qu'il a tenu justement à se taire jusqu'au bout, ce n'est qu'un mystère de plus comme il y en a un peu partout autour de nous. Tu ignores comment marchent la plupart des objets dont tu te sers, et si tu réfléchis bien, souvent tu ne sais pas grand-chose non plus de la vie des gens qui te sont les plus proches, des mystères petits ou grands que nous côtoyons tout le temps et que finalement nous cherchons assez peu à résoudre.

– Je me fous complètement de la façon dont fonctionne un ordinateur mais j'ai envie de connaître les raisons du suicide de Vincent. Et tu auras beau dire, il me semble que ce n'est pas exactement la même chose.

– Évidemment, ne me fais pas dire ce que je ne dis pas. Mais imagine que Vincent se soit noyé sans le vouloir, sa mort ne serait pas moins mystérieuse puisque la mort l'est par essence, et pourtant je suis persuadé que tu n'aurais pas été assaillie de questions ou du moins pas les mêmes. D'ailleurs, c'est ce que tu m'as demandé en premier, si j'étais sûr que c'était un suicide.

– Et toi, tu ne te l'es pas demandé au début, tu n'as pas souhaité que ce soit un accident ?

– Si, c'est vrai. Parce que tout aurait été plus facile. Nous nous serions contentés l'un et l'autre de questions anodines qui toutes auraient eu des réponses, savoir comment ça s'est passé, si d'autres gens déjà se sont noyés là-bas, si la mort a été rapide. Nous en serions restés aux faits, à la noyade, dont seules les conséquences nous auraient concernés, nous n'aurions pas cherché à remonter avant. Les certitudes sont toujours plus reposantes.

– Si sa mort avait eu une cause concrète, extérieure, je reconnais que cette explication probablement me suffirait.

– Mais là aussi tu as une cause, simplement elle n'est pas extérieure puisque c'est le choix de Vincent et elle ne peut donc pas te suffire, pour reprendre tes mots. Alors il faut que tu en cherches d'autres qui soient plus rassurantes et dans lesquelles, surtout, tu n'aurais rien à voir.

– Honnêtement, je ne crois pas avoir été un élément déterminant dans le suicide de Vincent. En fait, je ne vois pas très bien où tu veux en venir.

– Ni toi ni moi n'avons été déterminants dans cette affaire, ce n'est pas le problème, ou alors de manière tout à fait secondaire. Ce qui change avec le suicide, c'est qu'on ne peut pas se contenter de dire qu'il s'est noyé, on sait bien que cette noyade est le résultat d'autre chose et on est obligé d'aller fouiller avant, c'est-à-dire dans la vie de Vincent, dans laquelle nous avions chacun une place, et dans la nôtre aussi par la même occasion.

– Et donc nous sommes forcés d'essayer de comprendre comment Vincent en est arrivé là et accessoirement comment nous avons échoué à l'aider. C'est bien ce que je dis. Mais toi, tu prétends ne pas avoir besoin de savoir, tu te contentes de son silence et puis tu passes à autre chose.

– Arrête, Irène, tu sais très bien que non. J'essaie juste d'imaginer comment je vais me débrouiller avec sa mort et accepter son choix sans rien trahir ni de lui ni de moi. Parce que ce choix nous remet tous en cause, tu as raison, et que nous le voulions ou non, nous y sommes chacun associé, au moins par défaut, puisqu'il nous exclut tous et de façon délibérée. Alors c'est vrai, cette fois nous n'avons rien à faire des causes extérieures de la mort, il aurait pu se jeter sous un train ou prendre des médicaments, ça n'aurait pas changé grand-chose. Ce sont les raisons intérieures que nous voulons connaître, parce que nous soupçonnons que nous y avons eu notre part, peut-être en n'y jouant aucun rôle justement.

– Autant trouver cette part, non ? Autant savoir de quoi nous avons été ou non responsables et tant pis si c'est plus douloureux, nous n'en sommes plus à ça près et au moins les choses seront claires.

– Moi aussi, au début, j'ai pensé que comprendre allait sûrement m'aider même si je devais me sentir plus coupable, mais j'ai changé d'avis très vite. Chercher des responsables, que ce soit toi, moi, lui ou n'importe qui d'autre, est-ce que ce n'est pas juste un moyen de figer notre histoire au moment de sa mort pour nous en dédouaner ? Et pourquoi vouloir à tout prix que les choses soient claires si lui a préféré les laisser jusqu'au bout dans l'ombre ? Essayer de se mettre à sa place, c'est oublier qu'il ne nous a ni parlé ni écrit, pas un mot à aucun d'entre nous, oublier qu'il n'a jamais ressenti le besoin d'une quelconque explication. Il a dû juger que nous pouvions faire sans.

– Mais ce n'est pas à lui, même mort, de décider ce dont je suis capable ou non. D'ailleurs, je ne te crois pas quand tu as l'air de dire que tout est pardonné et qu'en trois jours tu l'as absous de son silence.

– Ce n'est pas de pardon qu'il s'agit, j'essaie de respecter son silence, ce qui ne veut pas dire qu'il ne m'a pas blessé. Est-ce que tu crois vraiment que je n'aurais pas voulu qu'il me parle ? Que je n'ai pas conscience qu'il m'a laissé tomber comme un vieux clou ? Mais ce que j'ai compris ces derniers jours, parce qu'il faut bien comprendre quelque chose, tu as raison, c'est que sa mort ne doit pas empiéter sur l'amitié qui nous a liés si fort et si longtemps, sinon elle finira par la détruire. Ce sont deux choses différentes que je n'ai pas envie de mélanger parce que je pense sincèrement que ce suicide ne remet rien en cause de l'histoire, de ce que nous avons vécu, il y met un terme, c'est tout. Et si Vincent n'a pas voulu que je connaisse ses raisons, lui en qui j'ai toujours confiance, je préfère ne pas les connaître. Ce qui évidemment n'empêche pas d'en inventer et pour ça, ne t'inquiète pas, je ne me suis pas privé.

– Demain tu me diras lesquelles, mais maintenant je suis fatiguée. Et puis si nous voulons dîner, il vaut mieux ne pas trop tarder ou nous ne trouverons plus rien d'ouvert. Je voudrais juste repasser à l'hôtel un moment et puis nous pourrions essayer Avallon.

– D'accord pour Avallon. Il y a un restaurant du côté de la place Vauban, Vincent a toujours dit qu'on y mangeait très bien.

Irène se lève, ramasse nos deux tasses et va rapporter le plateau dans la cuisine. Elle retourne dans le bureau pour ranger les papiers qui traînent sur la table, vient m'aider à fermer les volets. Nous n'arriverons jamais à nous fâcher vraiment, dit-elle en souriant avant de mettre son manteau et de me prendre par le bras, allons-y camarade, la soirée est à nous. Quand je l'ai ramenée plus tard à son hôtel, le ciel était rempli d'étoiles, il ferait beau demain et nous n'avons pas dit un seul mot de Vincent pendant tout le dîner.

MERCREDI

Il y a un peu de vent ce matin mais le ciel est tout bleu. Petit déjeuner avec Irène à la terrasse de son hôtel, emmitouflés dans nos manteaux, et vers dix heures nous rejoignons Madame Étienne devant la maison funéraire. Irène hésite toujours à entrer. Alors n'y allez pas, lui dit Madame Étienne, ça ne sert à rien de le voir mort si vous n'en avez pas envie, et Irène obéit, soulagée. Je vous attends ici. À l'intérieur il y a des chambres aux noms de fleurs, celle où l'on nous amène est baptisée Iris et au milieu, dans le cercueil, Vincent est devenu tout lisse, indifférent. Madame Étienne effleure son front des lèvres, baiser presque volé, elle murmure quelques mots que je suis trop loin pour entendre et sort pour nous laisser tous deux en tête à tête. Trois chaises dans un coin de la pièce. J'en approche une pour m'asseoir près de toi et je pose une main sur les tiennes qu'ils ont croisées sur ta poitrine. Pas de réponse, tout est froid.

Ils t'ont mis les habits que je leur ai portés lundi, trop grands soudain, l'encolure trop large et on a l'impression qu'ils ne sont pas à toi. L'impression surtout, quand je te regarde, que plus rien n'est à toi, ni les vêtements ni le corps et je ferme les yeux pour ne plus voir la différence entre toi mort et toi vivant, toi les yeux fermés ou ouverts, toi qui me parles ou qui te tais. Mais le silence aussi me conviendra, ne t'en fais pas, nous nous étions quand même presque tout raconté au long de ces années et il ne manquera au fond qu'un au revoir, ce qui n'a pas grande importance. Je t'ai recopié un passage du livre de Padura où les chiens courent sur la plage à Cuba, tu auras deux lévriers pour te guider au royaume des morts, je l'ai glissé dans ta poche, tu en feras ce que tu voudras.

Maintenant tout est prêt pour ton enterrement, ce sera demain à trois heures et jusque-là je me débrouillerai pour que tout aille à peu près bien, jouer mon rôle d'ami fidèle, au moins avoir l'air de tenir, ensuite c'est une autre affaire mais qui ne te concerne plus. Je n'avais pas imaginé cette fin-là. Un jour, je m'étais amusé à en écrire une autre où nous succombions tous ensemble à une épouvantable catastrophe, un grand désastre maritime si je me souviens bien. Pas un de nous n'en réchappait, toute la bande liquidée d'un seul coup pour éviter les amis éplorés et les deuils à répétition, l'idée t'aurait plu, j'en suis sûr, mais je n'ai pas fini le texte et je ne te l'ai jamais montré, trop tard. Te voici aujourd'hui qui inaugures la liste, le premier comme d'habitude, et les autres suivront un à un en se demandant chaque fois avec plus d'inquiétude qui sera le prochain. J'ignore si on s'habitue, j'espère que non. Ces jours-ci, il m'est arrivé de me dire qu'un adieu en bonne et due forme aurait peut-être été plus triste encore, peut-être pas. De toute façon, tu n'as jamais aimé te retourner au moment du départ, parfois tu agitais la main de dos en devinant que l'autre avait besoin d'un signe, mais d'habitude tu t'en allais en pensant déjà à la suite. Les regrets ne servent à rien, disais-tu, les coupures nettes cicatrisent plus vite. Je ne sais pas et toi non plus probablement, je crois plutôt que tu avais peur de faiblir, peur que la tendresse t'emporte et de ne pas y résister. Voilà, Vincent, la visite est finie, l'histoire aussi et cette fois c'est moi qui pars sans vouloir regarder en arrière, moi qui ferme la porte sur toi enfermé dans ta boîte, c'est mon cœur qui se fend et mes larmes qui coulent, mais tu n'en sauras rien. Dehors, Irène me tend un mouchoir et me serre dans ses bras, à la fin les sanglots s'arrêtent, ils s'arrêtent toujours.

Je me suis calmé assez vite et nous sommes passés tous les trois au bureau des pompes funèbres.

Après, Madame Étienne est repartie chez elle tandis qu'Irène et moi nous allions faire les courses pour demain. En une heure nous avions fini et nous nous sommes installés pour déjeuner dans un café sur la place face à la statue de Vauban. Nous n'avions pas grand-chose à nous dire, la matinée avait été rude pour chacun et nous sommes restés silencieux, sombres tous deux et incapables à cet instant de nous rejoindre ni de nous consoler. Et puis soudain le sentiment de perdre pied, que tu vas m'entraîner dans ta solitude glacée et que jamais je ne pourrai regagner la lumière, revenir au milieu des autres, jamais me détacher de ce corps qui n'existe plus, alors j'entends la voix d'Irène près de moi. Tu es tout pâle, Jean. Je sens sa main qui caresse ma joue et je remonte lentement vers la surface, ce n'est rien. Juste un moment d'affolement, ne t'en fais pas, et puisqu'il fait si beau pourquoi ne pas aller marcher un peu, le temps de reprendre mon calme, ce n'est rien je te jure, faire un tour dans les rues au soleil, bientôt il n'y paraîtra plus.

Nous sommes rentrés chez Vincent par la petite route entre prés et rochers, la vallée du Cousin que nous avions suivie à mon premier séjour ici, que nous ne prenions plus souvent depuis quelques années, par paresse sans doute, parce que le chemin est plus long ou bien qu'il tourne davantage, pourtant je me souviens de tout. Les bâtiments d'usine longtemps abandonnés et un beau jour reconvertis en logements sociaux, plus loin l'ancienne verrerie puis le moulin dont la restauration est enfin achevée, la maison forteresse coincée dans un virage, la route tourne encore un peu et soudain on arrive à l'immense prairie de ce vert toujours flamboyant qui vous éblouit quand elle surgit dans le décor, une aire de jeux où l'on ne voit jamais personne, et après les auberges au bord de l'eau, l'une plus étoilée que l'autre. Nous devrions nous décider à aller y dormir un soir mais laquelle choisir, se demandait Vincent à chaque fois que nous passions devant. Je sens qu'Irène sourit de nos mémoires croisées, finalement pas un de nous n'y a jamais couché. J'y ai pensé, tu sais, dit-elle un peu plus loin, mais les allers et retours auraient été plus compliqués ou bien il fallait que je loue une voiture et je n'en avais pas envie, sans compter que je n'aurais pas su évidemment laquelle des deux choisir, ajoute-t-elle en éclatant de rire et je ris moi aussi. Retour à la normale, retour du côté des vivants, tout va bien.

En arrivant, nous avons déchargé la voiture et tout rangé dans la cuisine. Je suis sorti appeler Antoine mais l'heure était passée, il devait avoir commencé ses cours et je n'ai pu que laisser un message, il faudra que j'essaie plus tard. Dans la maison, je trouve Irène déjà dans le bureau qui s'est remise à ses opérations de fouille. Adossé à la porte, je la regarde faire, ordonnée, méthodique. Déformation professionnelle, dit-elle sans même lever les yeux. Elle dit aussi qu'il y a quelques dossiers en haut de la bibliothèque auxquels elle voudrait bien jeter un œil mais qu'elle ne peut atteindre, les trois de gauche tu vois, ceux qui n'ont aucune étiquette. Je m'exécute aussitôt en silence, à quoi bon répéter qu'elle ne trouvera rien.

Je laisse Irène à ses recherches et commence à ranger le salon pour demain, je ramène les planches et les tréteaux de la remise, ces tables de secours qui n'ont pas dû servir beaucoup ces dernières années, je sors les draps de lin épais qui ont toujours fait office de nappe, j'installe les couverts, les assiettes, mais il n'y a pas assez de verres, voilà ce que nous avons oublié d'acheter ce matin. Je demande à Irène si elle voit autre chose à quoi nous n'aurions pas pensé. Non, dit-elle, rien d'autre, et si tu y repars tout de suite, mieux vaut que tu prennes le pain aussi pour t'éviter un troisième voyage, mais fais attention tout de même, tu n'étais pas très bien tout à l'heure et ne profite pas de ce que je ne suis pas là pour t'amuser à aller trop vite. Non bien sûr, ne t'inquiète pas. En sortant de la maison, j'entends la voix lointaine de

Madame Étienne le premier jour quand elle m'a dit qu'on avait repêché ton corps dans la rivière, qu'elle m'attendait. Elle aussi m'avait conseillé de ne pas rouler trop vite, c'était il n'y a pas une semaine mais je perds la notion du temps. Je suis dans la voiture sur la route, j'ouvre grand les fenêtres pour chanter à tue-tête comme l'autre jour, à la radio l'animateur annonce *La Minute de silence* par Michel Berger, ça ne pouvait pas mieux tomber.

Il est presque cinq heures quand je rentre, Irène prépare un thé dans la cuisine. Elle a fini par trouver quelque chose dans l'un des dossiers que j'ai descendus tout à l'heure, rien à voir avec ce qu'elle cherchait mais il y avait, cachées au milieu des papiers, deux minces pochettes de cuir et dedans des feuilles jaunies repliées avec soin. Les unes sont de l'écriture de Vincent, explique-t-elle, des notes qu'il a prises probablement pendant des formations, pleines d'abréviations et assez mal écrites, et puis aussi quelques pages visiblement recopiées avec application où les titres sont en majuscules, soulignés à la règle et de différentes couleurs selon leur importance. Le tout ferait plutôt penser à des aide-mémoire et elle ne s'y serait pas intéressée davantage si les titres ne l'avaient quelque peu étonnée.

Organisation, sécurité et discipline. Il y a aussi voyages et missions, liaisons, ou encore filatures, bref le parfait petit manuel du clandestin en herbe. Et la seconde pochette n'a fait que confirmer mon idée puisque les feuilles qu'elle contient, tapées à la machine celles-là, sont les statuts, la plate-forme et les règles de travail d'une association d'aide à la lutte armée des militants chiliens contre la dictature, association le plus souvent désignée par les lettres LP dont j'ai fini par comprendre qu'elles devaient signifier Les Pèlerins. Tu savais ça, toi? Que Vincent avait été membre d'un groupe clandestin au moment du Chili?

Le plus simple serait bien sûr de dire que non, que je n'ai jamais su. Je nous revois tous deux dans ce café de Montparnasse où il m'a demandé si je voulais aller un peu plus loin que ce que nous faisions au comité, m'engager avec lui dans des actions moins officielles. Nous avions un peu plus de vingt ans l'un et l'autre et nous ne nous connaissions qu'en tant que militants, c'est-à-dire assez mal. D'abord, j'ai été surpris de cette marque de confiance qui n'était au fond pas si fréquente parmi nous, j'ai dit que je préférais réfléchir avant de donner ma réponse et nous avons fixé un autre rendez-vous. De celui-là date vraiment notre amitié, j'ai répondu que oui, j'étais d'accord, mais qu'il y avait peut-être un problème parce que j'étais homosexuel, cela m'avait déjà valu quelques difficultés à l'intérieur du comité et les Chiliens n'aimaient non plus pas beaucoup ça, sous prétexte que les homosexuels seraient plus exposés que d'autres à d'éventuels chantages. Je ne vois pas pourquoi, a juste dit Vincent, et de toute façon c'est à toi de juger, pas à moi. C'était la première fois que je parlais de mon homosexualité sans fioritures psychologiques, comme un fait établi, à prendre ou à laisser, la première fois aussi qu'en face je ne sentais ni gêne ni compassion, rien de particulier, alors j'ai dit d'accord et nous nous sommes lancés ensemble dans l'aventure. Brusque retour au présent, Irène s'impatiente.

– Tu m'as entendue, Jean ?

– Oui, je t'ai entendue et oui, je savais. J'ai même fait partie du groupe un moment, c'est lui qui me l'avait proposé.

– Et vous ne m'en avez jamais parlé ? Alors là, je tombe des nues.

– L'expérience n'a pas duré longtemps, tu sais, et je crois qu'aucun de nous deux n'était tout à fait prêt pour ça. Six mois peut-être. Il y avait une structure dont nous dépendions et qui, nous nous en sommes aperçus assez vite, n'avait rien à faire ou presque des militants chiliens. Avec raison d'ailleurs sur le plan politique, parce que là-bas la résistance n'a pas tardé à être laminée et que la solidarité paraissait plus utile ailleurs. C'est ce qu'on nous a dit en tout cas, et bien sûr les raisons affectives étaient censées ne peser d'aucun poids.

– Qu'est-ce que vous avez fait au juste ?

– Vincent, je ne sais pas, puisque la règle d'or est que tout soit compartimenté. Moi, pas grand-chose. J'ai trouvé des logements, organisé des rendez-vous, j'ai surtout servi de commissionnaire, transporté des gens ou des paquets. Une seule fois je suis parti assez loin avec probablement des faux papiers cachés dans ma valise et tout s'est mal passé, un échec absolu, même si le paquet est finalement arrivé à bon port. Je n'ai pas mis longtemps à comprendre qu'il valait mieux me retirer de ce qui n'était pas un jeu.

– Et Vincent ?

– Quelques mois après ma joyeuse aventure, il m'a simplement dit qu'il avait cessé ses pèlerinages et nous n'en avons plus jamais parlé. Moi, j'ai détruit tous les papiers sitôt que j'ai quitté le groupe et je pensais qu'il avait fait pareil. C'est drôle qu'il les ait gardés, lui toujours si respectueux des règles de la militance, il faudra que tu me les montres.

– Les deux pochettes sont dans le tiroir du bureau, je les ai mises au-dessous des carnets. C'est quand même un peu bizarre d'avoir dû attendre sa mort pour apprendre que Vincent a fait des choses que j'ignorais complètement et dont nous ne pourrons jamais discuter ensemble lui et moi.

– C'est un peu ce que je voulais dire hier. Même si tu finissais par retrouver ici ou là des éléments d'explication à son suicide, tu ne pourrais plus désormais que les interpréter sans aucun moyen de savoir si tu te trompes ou pas. Il n'y a que Vincent qui serait capable d'en juger, mais il n'est plus vraiment en mesure de le faire. Et tu ne pourras pas non plus t'appuyer sur ce qu'il aurait dit avant sa mort puisqu'il s'est tu jusqu'à la fin.

– Quel rapport avec vos petits jeux clandestins ?

– L'idée du secret. Notre appartenance à ce groupe était un secret dont tu as trouvé des indices, mais que vas-tu en faire ? Avec moi, pas de problème puisque nous pouvons en parler, même si je ne te raconte que ce que j'ai envie que tu en saches. Mais avec lui, c'est forcément une autre histoire parce que tu vas être obligée de gratter tout autour d'un mystère qu'il aurait préféré garder et que de toute façon tu n'arriveras pas à percer tout entier. Au fond, tu risques de le trahir deux fois, d'abord en allant contre sa volonté et ensuite en fabriquant une vérité qui n'aura pas été la sienne.

– Tu ne crois pas que tu compliques un peu ?

– Ce n'est pas moi, c'est la mort qui complique tout. Je veux dire que la mort rend les secrets forcément lourds pour ceux qui les découvrent après, parce que les raisons qu'ils pourront y trouver ne seront jamais sûres, parce que les hypothèses ne pourront pas se transformer en certitudes, aucune chance.

– Mais je ne suis pas en train de chercher des secrets.

– Si, puisqu'il s'agit de choses qu'il a volontairement refusé de te dire. Est-ce que ce n'est pas la définition même du secret ?

– C'est le suicide surtout qui fait que tout semble plus lourd, comme tu dis, parce que soudain celui qui s'est tué n'apparaît plus exactement comme on l'avait vu jusqu'ici, qu'on s'interroge sur cette part de lui qui est restée cachée et dont on aimerait connaître l'importance, pour se faire une idée de ce qu'on a raté.

– Tu imagines bien que moi aussi, je me suis posé des questions de ce genre, mais elles me sont très vite apparues insolubles sans Vincent. Je me suis rendu compte qu'en fait elles ne s'adressaient qu'à moi-même et qu'en les retournant dans tous les sens j'avais probablement l'espoir de les lisser, de bien en arrondir les angles jusqu'à pouvoir tout seul y trouver des réponses assez rassurantes pour ne plus y penser.

– Le but n'est pas de me rassurer, je te l'ai déjà dit.

– Je n'en suis pas si sûr, tu vois.

– Si tu sais mieux que moi ce que je pense… Non, Jean, disons plutôt que tu acceptes son suicide et que je n'y arrive pas.

– Laisse-moi te raconter une histoire. Est-ce que tu te rappelles cette fille espagnole qui s'appelait Susana ?

– Pas bien, juste qu'elle était très belle et très hystérique, si mes souvenirs sont bons.

– On peut dire ça. Antoine et moi, nous l'aimions bien et nous avons continué à la voir jusqu'à sa mort, il y a presque vingt ans. Hémorragie cérébrale. En vingt-quatre heures, c'était fini.

– Elle avait une fille, non ?

– Exactement. Et un n-ième mari aussi dont elle vivait séparée, assez violent et qui maîtrisait mal ses rancœurs. Au moment de la mort de Susana, sa fille était juste majeure. Comme il n'y avait pas de père sur place et que je m'entendais bien avec elle, je l'ai aidée un peu dans ses démarches et j'ai voulu veiller sur ses intérêts. Je m'attendais à l'hostilité du mari, ce qui n'a pas été le cas, mais à rien d'autre de particulier et sûrement pas à m'apercevoir peu à peu que la vie de Susana était un tissu très élaboré de mensonges. Les premiers que j'ai découverts m'ont paru un peu ridicules et m'ont même amusé. Elle avait par exemple un an de plus que ce qu'elle prétendait et je me suis longtemps demandé non pas pourquoi elle mentait sur son âge mais pourquoi de un an seulement, autant te dire que je n'ai toujours pas la réponse. La suite est devenue beaucoup moins drôle au fur et à mesure de ce que nous trouvions, des prêts pris au nom de sa fille, des dettes à des amis, au fisc, à des collègues, bref un chaos complet au moins sur le plan financier. Et alors, diras-tu…

– Et alors ?

– Alors nous n'avons jamais découvert la clé de ses mensonges, nous n'avons jamais su non plus où tout l'argent était passé. Chez elle, pas de meubles ni d'objets de valeur, les nombreux comptes en banque étaient vides, il n'y avait plus rien alors qu'elle gagnait bien sa vie, plutôt même mieux que moi si ma mémoire est bonne. Personne n'a compris et ce n'est pas faute d'avoir essayé, crois-moi. Ni drogue, ni jeu, ni voyages, pas de gigolo non plus, nous avons tout envisagé ou presque sans rien trouver, jamais la moindre explication et il m'arrive encore de me demander quelquefois ce qu'elle a bien pu faire, pourquoi elle ne nous a rien dit et pourquoi nous n'avons rien vu, les mêmes questions que tu te poses à propos de Vincent et pourtant Susana ne s'est pas suicidée.

– Je ne connaissais pas l'histoire. Mais ce n'est pas celle de Vincent.

– Aucune de ces histoires n'est la même, pourtant là où elles se mettent à se ressembler toutes, c'est quand on commence à tenter de percer les mystères des morts à leur place. Interroge-toi sur la mort tant que tu veux, sur la peur qu'elle t'inspire, la façon dont elle vient à chaque fois troubler ta vie entière ou la manière dont tu pourrais peut-être l'apprivoiser sans trop de heurts, ce sont de bonnes questions dont toi seule détiens la réponse, mais laisse Vincent à son silence, n'essaie pas de parler pour lui. Je sais, je n'ai pas de conseil à donner et je ne prétends heureusement détenir aucune vérité, je me dis simplement qu'à poursuivre un fantôme tu risques d'être un peu plus malheureuse encore, c'est tout.

– Ni toi ni moi n'avons l'air très heureux ces jours-ci, Jean, et j'ai peur que cela ne s'améliore pas d'ici à un bon moment. En tout cas je vais réfléchir. Pour une fois, je me demande si tu n'as pas raison.

Irène s'est levée. Elle a froid tout à coup dans la cuisine et propose que nous retournions près du feu au salon. Avant que nous partions chercher les autres, elle aimerait aussi que nous parlions des funérailles, de la manière dont nous voulons que se déroule la cérémonie, mais je n'ai pas vraiment d'idées, mis à part le cortège prévu de la mairie au cimetière et les interventions devant la tombe pour ceux qui tiendront à dire quelques mots, je ne vois pas très bien de quoi nous pourrions décider. De ces quelques mots justement, dit-elle, parce qu'ils seront sûrement plusieurs à souhaiter prendre la parole et elle craint que très vite nous perdions le contrôle, elle a peur des trop longs discours entre éloges et banalités, de l'émotion à bon marché et de l'affliction molle, de ce chagrin feutré où colère et passion se perdent, tout le contraire exactement de ce qu'aurait aimé Vincent. Et là tu ne peux pas prétendre que j'interprète, sourit-elle, ou alors va relire ce qu'il a écrit en décembre après les attentats. Pas besoin de relire, je me souviens que tu voyais une seconde mort sous les mots insipides et que tu ne voulais pas pour toi de ces images pieuses, tu espérais aussi qu'on se rappellerait ton caractère de chien, tes départs si nombreux, mais là c'est le dernier et Irène a raison, nous pourrions au moins t'épargner ça.

Quelques minutes à peine pour dresser le plan de bataille et puisque nous avons tout fait, tout pris en charge de cet enterrement, libre à nous de fixer les règles. Nous décidons qu'Irène parlera la première, quelques phrases, pas plus, qu'elle annoncera une soirée d'hommage au printemps où chacun pourra évoquer la mémoire de Vincent, et qu'après moi seul interviendrai pour éviter les tombereaux d'hommages déversés. Essaie de ne rien dire de lui si c'est possible, conseille Irène, trouve plutôt quelque chose où nous puissions nous reconnaître ensemble et qu'il aurait aimé entendre, parle du Chili par exemple, de ce combat si vieux déjà mais que la plupart d'entre nous gardent au cœur et qui nous a tenus unis, *et cætera*. Je suis sûre que tu feras mieux, plaisante-t-elle. Cela dit, le Chili me semble une bonne idée. D'accord Irène, je chercherai ce soir dans la bibliothèque mais maintenant nous devrions partir à la gare les chercher ou nous allons être en retard.

Nous sommes arrivés juste à l'heure. Ils étaient quatre finalement, Claire et Paulo en plus de Sonia et Nathan. Nous nous sommes tassés dans la voiture jusqu'à l'hôtel où il était plus facile que nous restions dîner. J'ai recommandé du pommard sous l'œil narquois d'Irène et aussitôt Nathan a commencé à nous raconter ses histoires. Histoires d'alliances, de luttes, de trahisons, de beaucoup de défaites mais d'encore plus nombreuses victoires à venir. Nathan était intarissable. Nous savions que c'était sa façon de lutter contre le chagrin et nous l'avons tous écouté. C'était lui, autrefois, qui nous avait formés, guidés et parfois protégés, notre père politique à tous, disait Vincent quand il le présentait, lui qui ce soir encore nous faisait rire. Vous voyez bien que j'ai raison, dit-il, que souvent il vaut mieux essayer de parler d'autre chose pour faire rempart au désespoir et sur ce, je vais me coucher. Les autres n'ont pas tardé à le suivre. En sortant de l'hôtel, je me suis soudain aperçu que j'avais oublié Antoine mais là-bas il était encore tôt et j'ai appelé d'un banc sur l'esplanade, il faisait frais, nous étions tous les deux fatigués. Je n'ai pas vraiment envie de parler, tu sais, juste entendre ta voix, toi tu réponds tout doucement, ce n'est pas grave petit oiseau, dors bien. Après je suis rentré.

En arrivant à la maison, je suis allé dans le bureau, j'ai pris tous les dossiers marqués Chili au dos, sept au total, et un instant j'ai craint de ne pas avoir le temps de trouver ce que je cherchais, mais non, la photo était là dans l'enveloppe, derrière Vincent avait écrit « Cadeau de Jean ».

JEUDI

À la fin de la matinée, tout était prêt dans la maison. Les gens ont commencé à arriver, à aller et venir. Madame Étienne était dans la cuisine et tenait du café au chaud, préparait des sandwichs pour ceux qui avaient faim, c'était un peu comme autrefois, certains dimanches où la maison servait de point de rendez-vous et chacun avait hâte de retrouver les autres sans bien savoir ceux qui viendraient.

L'heure approchait, nous avons juste tiré la porte et marché jusqu'à la mairie en silence. Là-bas, tous étaient déjà rassemblés, ceux du village et ceux d'ailleurs, nous étions une cinquantaine au moins et, quand le corbillard s'est arrêté au milieu de la place nous nous sommes rangés derrière sans plus faire aucun bruit, puis le cortège a démarré. Peu à peu, les conversations ont repris, les saluts ou les embrassades quelquefois après tant de temps. La bruine s'est mise à tomber et c'était comme des embruns sur la plage, dont personne n'a pensé à vouloir s'abriter.

Devant le cimetière, le corbillard s'est arrêté. Des hommes ont sorti le cercueil, ils l'ont hissé sur leurs épaules et nous avons repris la marche derrière eux jusqu'au caveau. La tombe était ouverte, devant laquelle ils avaient installé tous les bouquets, une énorme brassée de roses et deux tréteaux recouverts de velours sur lequel a été posé le cercueil. Les gens se sont regroupés tout autour sans rien dire et Irène s'est avancée. Elle a prononcé quelques mots, après c'était à moi.

Je vais vous parler d'une photo que beaucoup d'entre vous connaissent sûrement, même si peut-être ils l'ont oubliée. Cette photo a probablement été prise le matin du 11 septembre 1973 par Orlando Lagos et c'est la dernière que l'on connaisse du président Salvador Allende vivant.

Huit hommes, tous debout près d'une porte ouverte que cinq d'entre eux ont déjà franchie. Allende est au centre. Derrière, seul à être en uniforme militaire, le commandant en chef des carabiniers dont on voit la casquette et les galons qui brillent au fond. Plus à l'arrière encore, sans doute un soldat, casqué, le regard levé, et à sa gauche un homme dont on ne distigue que les cheveux noirs et les yeux aux aguets. Au premier plan, ceux qui sont de chaque coté doivent être des gardes du corps militants, membres de ce que l'on appelait le Groupe des amis personnels, tous les deux en civil, costume cravate, sacoche et kalachnikov en bandoulière. Celui qui est à la droite du président a levé son arme, visiblement prêt à tirer, l'autre la tient encore pointée vers le bas, tout comme l'homme derrière lui, dont on n'aperçoit qu'une jambe et la moitié du visage. Inquiets, ils regardent en l'air sur leur gauche, là où l'on imagine qu'arrivent les avions, que les bombardements ont peut-être déjà commencé. Allende aussi a le regard tourné vers le ciel, tête levée, coiffé d'un casque qui sur lui paraît presque incongru, les yeux cachés derrière ses éternelles lunettes à la monture épaisse. Il porte un pantalon sombre et une veste bien plus claire, à l'inverse du médecin à la moustache noire qui tient une cigarette du bout des doigts et marche tout près derrière lui, un peu comme s'ils s'étaient trompés ou bien qu'ils avaient échangé leurs affaires juste avant de sortir. La veste du président est boutonnée au milieu, un peu serrée. On aperçoit dessous un pull à col rond qui pourrait être en jacquard, blanc à motifs plus foncés, un pull plutôt pour la campagne que pour les manœuvres guerrières qu'on devine tout autour d'eux, sans doute le premier qu'il aura trouvé en fouillant dans l'armoire et qu'il a passé au hasard sans cesser d'écouter les messages qui peu à peu confirment le soulèvement militaire. Il avait froid tout simplement, l'hiver n'est pas encore fini là-bas. Il est armé comme les gardes qui le précèdent, c'est probablement une kalachnikov qu'il serre dans sa main droite, le canon tourné vers le haut presque négligemment et l'on pense aussitôt qu'il ignore comment s'en servir, trop vieux pour cette ferraille et ces assauts définitifs. Au fond, il n'a rien à faire sur cette image, on aimerait surtout qu'il n'y soit pas mais on ne peut y voir que lui. Un peu après que la photo a été prise, quelques minutes ou quelques heures, on ne sait pas au juste, avant que le palais s'effondre lentement sous les bombes, il a parlé à la radio pour dénoncer la lâcheté des traîtres et appeler les siens à résister. Ceux auxquels il avait naguère demandé plus de passion, plus de tendresse pour faire la vie plus juste, ce matin il leur dit de ne pas oublier que l'Histoire est à eux et que beaucoup plus tôt que tard se rouvriront les grandes avenues aux pas des hommes libres. Ce sont presque les derniers mots qu'on entendra de lui. Dehors, le bruit des tirs de tous côtés, le coup d'État qu'on a annoncé tant de fois, voilà, c'est fait, le doute n'est plus possible selon les informations qui arrivent dans le bureau où il s'est retranché et il reprend alors cette arme que tout à l'heure on avait cru inoffensive, la différence tient à si peu de chose entre le début et la fin, la confiance et la trahison. Sa peur a disparu depuis longtemps et sous les apparences ne reste plus que le corps nu, au moins sait-il bien qui il est maintenant et qu'un seul coup suffit, une balle dans la tête ou le cœur pour ne jamais tomber entre leurs mains, ne jamais devenir leur otage et être sûr de se rester fidèle.

Je m'arrête quelques secondes, le temps de ravaler mes larmes, et j'ajoute simplement qu'il n'est jamais facile de se rester fidèle, que j'envie ceux qui y parviennent et que Vincent est de ceux-là, du moins c'est ce que je crois.

Long silence, tout le monde reste immobile pendant que les hommes descendent le cercueil dans la tombe et puis la file se forme peu à peu, chacun attend son tour pour venir prendre une rose et la jeter au fond du trou. Beaucoup sont passés ensuite boire un verre, se réchauffer en parlant du passé, pourtant Madame Étienne avait raison, cela n'a pas duré longtemps et quand ils ont été partis, nous avons tout rangé. Irène est retournée avec Pierre à l'hôtel où j'irai les rejoindre ce soir pour dîner avec eux et Nathan, Madame Étienne a emporté ce qui restait des tartes et des gâteaux, pas grand-chose à vrai dire, et me voici seul à nouveau, errant dans ta maison. Je partirai demain matin.

Bientôt la nuit et Vincent disparaît, Vincent est mort et enterré.

Photocomposition Belle Page

Achevé d'imprimer en février 2024
par CPI BUSSIÈRE (18200 Saint-Amand-Montrond)
pour le compte des Éditions Calmann-Lévy
21, rue du Montparnasse, 75006 Paris

PAPIER CERTIFIÉ

CALMANN LÉVY s'engage
pour l'environnement en réduisant
l'empreinte carbone de ses livres.
Celle de cet exemplaire est de :
500 g éq. CO_2
Rendez-vous sur
www.calmann-levy-durable.fr

N° d'éditeur : 5875352/01
N° d'imprimeur : 2076462
Dépôt légal : mars 2024
Imprimé en France.